Himmelstürmer Verlag

Von Marc Förster bisher erschienen:

Sex around the clock ... in Köln, auf Gran und anderswo
Frühjahr 2009 ISBN 978-3-940818-16-4

www.himmelstuermer.de
E-mail: info@himmelstuermer.de
Originalausgabe, Mai 2010

Rechtschreibung nach Duden, 24. Auflage

Umschlaggestaltung: Olaf Welling, Grafik-Designer AGD, Hamburg
www.olafwelling.de
Printed in Czech Republic

ISBN 978-3-940818-44-7

Marc Förster

Kölner Jungs,

auch zu viert keiner zu viel

Himmelstürmer Verlag

Der Neue

Marco steht auf der Domplatte vor dem mächtigen Eingangsportal des riesigen Doms und beobachtet die vorübergehenden Menschen. Gerade eilt eine Gruppe der Lufthansa in Dienstkleidung an ihm vorbei.

Marco lächelt zu einem der Flugbegleiter rüber. Jung, blond, Anfang 20 und sicher stockschwul, so wie der zu Marco rüber schaut. Marco verzieht den Mund. Er weiß, dass er ein nettes Lächeln und einen unwiderstehlichen Blick hat. Der blonde Flugbegleiter bleibt auch tatsächlich stehen. Seine Gruppe läuft weiter. Marco erkennt mit einem Blick, dass nun schnelles Handeln erforderlich ist.

„Hallo“, geht er auf den Typ zu.

„Hallo. Du, ich muss weiter. Aber wir sind bis morgen hier.“

Marco lächelt. „Kennst du dich aus in Köln?“

„Ja, ein wenig.“

„Heut Abend im Corner?“

Der blonde Bengel nickt. „Da war ich schon mal. Das find ich. Um 10?“

„Ja. Ich freu mich.“

Marcos Handy klingelt. Er packt in seine engen Jeanstaschen. Der Blonde verschwindet in der Menge. Immerhin. Marco hat sein Ziel erreicht. Er sieht auf das Display.

„Hallo, Carsten.“

„Hey. Marco. Du, wir sind im Baflo. Kannst du herkommen?“

„Wir?“ Erstaunt macht Marco sich auf den Weg zum Alter Markt. Er hat eh vor, heimzufahren.

Gemeinsam mit Carsten und Jochen wohnt er in einer WG im belgischen Viertel. Die Wohnung mit Dachterrasse und Blick auf den Brüsseler Platz hat er vor zwei Jahren, dank einer Erbschaft, gekauft.

Aus einer Laune heraus dann die WG mit Carsten und Jochen gegründet. Carsten, der ihm grad ins Handy haucht. „Ja, Dennis und ich. Dennis möchte dich gern kennen lernen."

Marco lacht. „Das kann er haben. Ich bin in fünf Minuten bei euch."

Als die S-Bahn am Heumarkt hält und Marco einsteigt, überlegt er, warum Carsten ihm seinen neuen Lover vorstellen will. Sonst läuft das immer eher beiläufig. Meist beim Frühstück, wie Marco einfällt, als er am Rudolfplatz aussteigt.

Das Baflo ist an diesem Freitagnachmittag, Ende Mai, gut besucht. Marco nickt zu einigen Bekannten rüber, als er Carsten mit einem blonden, ziemlich jungen Typen in einer Ecke sitzen sieht. Relaxed gesellt er sich zu ihnen.

„Hallo, grüß euch."

„Hallo, Marco. Du, das ist Dennis. Dennis ist noch ziemlich neu hier in der City. Drittes Semester."

Dennis lächelt Marco an. Der Blick signalisiert Begeisterung.

Marco lächelt zurück. Typisch Carsten, denkt er dabei. Sein Kumpel hatte schon immer eine Schwäche für diese Art von jungen Boys.

Auch Carsten sieht zu Dennis rüber. Sein Blick signalisiert Geilheit. „Du, Marco, Dennis hat ein Zimmer im Studentenheim. Ich finde, er würde gut in unsere WG passen. Einen Platz haben wir ja noch frei, oder?"

Marco bestellt Cappuccino beim Kellner. Überrascht sieht er Carsten an. Sein Kumpel hat in den letzten vier Monaten mindestens fünf Typen vom gleichen Schlag im Schlepptau gehabt. Mit dem letzen hat er noch vor drei Wochen vor Marcos Augen auf der Dachterrasse rumgevögelt. Einen Tag später hat der Typ aufgehört, in Carstens Leben zu existieren.

„Klar, Platz haben wir", hört Marco sich sagen. „Aber wir sollten auch Jochen fragen", fällt ihm grad noch ein.

„Jochen ist Saftschubse, eh kaum daheim und sicher einverstanden", grinst Carsten.

Marco lacht. „Okay, versuchen wir es."

Er hatte schon immer eine Schwäche für spontane Ideen.

Eine Stunde später stehen die drei Jungs in der geräumigen sieben Zimmer Wohnung und sehen sich das bisherige Gästezimmer an. Wobei Marco Dennis etwas genauer betrachtet. Der Kleine hat eine super Figur, die durch seine Klamotten noch betont wird. Blonde, leicht lockige Haare. Sicher unbehaart, überlegt Marco.

So etwas fehlt ihnen tatsächlich noch in ihrer WG. Jochen ist dunkelblond, leicht behaart, Carsten hat schwarze Haare, ansonsten unbehaart und er selber dunkel, behaart, gestutzt, wie Marco lächelnd überlegt. Der Kleine wird dazu sicher frischen Wind in ihre WG bringen.

Später sitzen sie beim Abendessen in der Küche.

Carsten umarmt Dennis. „Du wirst sehen, schon in ein paar Tagen fühlst du dich hier zu Hause. Darauf stoßen wir jetzt an.“ Er holt eine Flasche Sekt aus dem Kühlschrank.

Die drei prosten sich zu. Danach küsst Carsten Dennis auf den Mund. Der erwidert, aus dem Kuss wird ein Zungenkuss. Immer heftiger. Marco sieht den beiden zu, wobei er sein Glas leert.

Rücksichtsvoll lässt er dann die beiden allein. Er muss sich eh fertig machen für diesen Flugbegleiter.

Als die Küchentür zufällt, sieht Dennis erschrocken hoch. „Können wir? War das Okay?“ Fragend sieht er seinen neuen Lover an.

Der lacht. „Klar. Wir haben eine sehr tolerante WG. Ist schon in Ordnung. Und Marco ist eh cool drauf“, nickt Carsten.

„Ja, er ist nett“, blickt Dennis dem neuen WG Partner hinterher. Eher eine echt geile Sau, denkt er dabei.

Dann aber lenkt Carsten ihn erfolgreich mit weiteren Küssen ab. So erfolgreich, dass beide Jeans anfangen zu beulen.

Carsten öffnet seinem neuen Lover die Hosenknöpfe. Total geil, ihm dann über die Ausbuchtung seiner Boxershorts zu fahren.

Auch Dennis fängt an, sich für Carstens Kolben zu interessieren. Nebenan hören sie Marco unter der Dusche.

„Komm auf mein Zimmer“, haucht Carsten Dennis ins Ohr.

Der löst sich von ihm, um sich eine Minute später in Carstens Zimmer wieder an seinen neuen Stecher zu schmiegen. Dort sorgt dieser rasch dafür, dass Dennis’ Jeans bis zu den Knien runter rutscht. Die Boxershorts zieht er gleich mit runter. Prall steht Dennis’ Kolben nun von ihm ab. Carsten wichst das Teil, um dann in die Hocke zu gehen. Der Blowjob, den er seinem Sexpartner dann verpasst, lässt Dennis aufstöhnen.

Marco, ein Zimmer weiter, betrachtet sich wohlwollend im Spiegel. Der braungebrannte Typ im Spiegelbild gefällt ihm. Lässig zieht er sich einen weißen Calvin Klein Slip mit rotem Rand an. Weißes Hemd, schwarze Lederhose. Marco denkt beim Anziehen an den Flugbegleiter. Auch Jochen, der WG Partner und Kumpel, kommt ihm in den Sinn. Was er wohl zu dem WG Zuwachs sagen wird?

Dieser macht sich grad mit einem weiteren Schrei bemerkbar. Sicher sind die beiden grad beim vögeln. Oder eher schon beim Höhepunkt, so wie sich das anhört. Marco grinst.

In der Tat liegen sie, inzwischen beide nackt, auf dem Bett. „Du bist echt süß“, haucht Carsten Dennis ins Ohr. „Hab dich lieb.“

Dennis ist voll scharf. Er hat grad wenig Interesse an Liebesbekundungen. Eher an was Hartem in seiner Kiste. Also setzt er sich vor Carsten auf das Bett, um ihm das Teil fickbar zu blasen.

„Or, ja geil. Schatz, geil.“ Carsten fühlt sich wie im Schlaraffenland. Sein Teil könnte überhaupt nicht härter werden. Das sieht auch Dennis so und kramt nach einem Gummi in seiner Tasche. Ohne Carsten groß zu fragen, stülpt er ihm, für seine grad 20 Jahre erstaunlich geschickt, das Kondom über.

Carsten bleibt starr liegen, als Dennis ihn besteigt. Was für eine Sau, denkt er nur, als Dennis schließlich auf ihm reitet.

„Ja mach. Beweg dich. Geil. Ich bin so scharf. Carsten. Machs mir.“ Dennis wippt wie verrückt auf ihm rum, keucht und wichst sich selber das Teil. Langsam kommt auch Carsten in Fahrt.

In dem Augenblick durchquert Marco den Flur. Durch die halboffene Schlafzimmertür wirft er einen Blick ins Zimmer. Als er Dennis auf Carsten reiten sieht, schmunzelt er.

In der Tat, der Kleine ist unbehaart. Und er geht tierisch ab. Na, ob Carsten das so gefällt? Sein Kumpel ist sonst eher der Kuschelsextyp.

Marco wirft einen letzten Blick auf die beiden, eh er leise die Wohnung verlässt.

„Oha tiefer. Tiefer. Carsten, schneller. Bitte. Fick mich. Fick“, treibt Dennis unterdessen seinen Stecher an.

Der packt den Kleinen an den Hüften, powert und merkt, dass er kommt. „Du, ja Schatz, ja, ich komme.“

„Du kommst?“ Dennis glaubt es kaum.

Carsten kommt. Seine Stöße werden langsamer. Rasch greift Dennis sich an seinen Kolben. Er keult sich und klatscht dann Carsten die Soße auf den Body. Mit 20 kann man halt immer.

„Heftig“, schnaubt der Student dabei. „Warte, ich hol ein Handtuch.“

Dennis hat kaum abgerotzt, als sein Hengst auch schon aufspringt. Dennis schaut ihm hinterher. Hm, denkt er. Ist ja nett, aber das kann es doch sexuell nicht schon gewesen sein.

Wenig später, aneinander gekuschelt, hängt jeder seinen Gedanken nach. Ob ich den wohl zähmen kann, überlegt Carsten.

Während Dennis daran denkt, wie Marco es ihm wohl besorgt hätte. Rasch vertreibt er den Gedanken. Erstens gibt es Carsten, und zweitens ist Marco nun sein neuer WG Partner. Dennoch, als er an Marcos männlich behaarte Brust denkt, bekommt er fast automatisch wieder einen Steifen. Der Gedanke, es von Marco besorgt zu bekommen, sorgt komplett dafür, dass er schon wieder einen Ständer bekommt. Mit dem harten Kolben schlägt er Carsten sanft auf den Rücken.

Im Halbschlaf tastet der danach. Er bezieht es auf sich und schläft zufrieden ein.

Noch aufgegeilt von der Sexszene läuft Marco Richtung Corner. Dort sieht er entspannt durch den Schuppen. Lächelt und tritt ein. Sehen und gesehen werden.

Marco weiß um sein Aussehen, von daher mag er den Gang durch die erst halbvolle Kneipe. Am Ende sitzt sein Flugbegleiter bereits auf einem Hocker. Und der, Marco muss lachen, hat ebenfalls eine Lederhose an. Nicht nur, dass Marco voll darauf abfährt, nein, er findet den blonden Typen nun auch noch geiler als am Nachmittag.

Dem geht es mindestens genau so, denn er blickt Marco mit unverkennbarem Interesse an.

„Hey, grüß dich. Hast du den Weg gefunden?“, drückt Marco ihm einen kurzen Kuss auf den Mund. Dabei streichelt er geschickt mit den Händen über die dünne Lederhose seines neuen Bekannten.

„Hallo. Hab ich. Schön, dich wieder zu sehen. Gleiches Outfit.“ Der Blonde drückt seine Hand ebenfalls auf Marcos muskulösen rechten Oberschenkel. „Ja, ich mag Leder. Du auch?“

„Irre gern. Bin übrigens der Andreas.“

„Marco. – Zwei Kölsch“, wendet der sich dann dem Ober zu. Die beiden prosten sich kurz drauf zu. Die sexuelle Spannung im voller werdenden Corner ist fast greifbar. Nach dem dritten Kölsch, Andreas hat dabei sein halbes Leben erzählt, geht Marco pinkeln.

Auf der Toilette öffnet er zwei weitere Knöpfe seines weißen Hemdes. Er ist scharf auf Andreas und will ihn ficken. Ganz einfach ficken, denkt er, als er zu seinem Opfer zurückkehrt. Wild entschlossen schiebt er diesen in die Ecke des Lokals, stellt sich vor ihn hin und drückt ihm einen festen Kuss auf den Mund.

Andreas erwidert, außerdem nimmt er Marco in die Arme. Dieser, hocherfreut, lässt seine Hände über den Arsch von Andreas enger Lederhose gleiten. Ein Fehler, wie er merkt. Die Kiste macht ihn noch schärfer. Sein Schwanz pocht bereits gegen den Calvin Klein Slip.

Marco öffnet den Mund, fährt mit der Zunge über Andreas’ Lippen, bis dieser ebenfalls seinen Mund öffnet. Marco züngelt über

Andreas' Zahnreihen. Als ihre Zungenspitzen sich berühren, ist Marco auf 180. Er packt mit einer Hand in Andreas' Lederhose und dort über dessen strammen Hintern.

Sein Sexpartner fährt ihm unter dem Gürtel ebenfalls in die Hose. Packt durch den feuchten Slip dessen Harten.

Marco stöhnt auf. „Bock auf mehr?", stoppt er Andreas.

„Sofort. Ich halt es eh kaum noch aus. Gehen wir."

Nur ungern lösen sie sich voneinander. Auf der Straße winkt Andreas nach einem Taxi. „Dorint Hotel", sagt er, als beide hinten einsteigen.

Marco ist das nur recht. Die Nacht mit Andreas wird sicher laut und sein neuer WG Kumpel muss ja nicht gleich mitbekommen, wie gern er es mit einem Typen treibt.

Der Weg Richtung Altstadt ist nur kurz.

Bereits im Aufzug küssen sich die beiden Typen wieder so scharf, dass ihre Kolben binnen Sekunden hart werden. Kaum im Hotelzimmer fallen sie übereinander her. Andreas zieht Marco sofort das Hemd aus, um an dessen Brustwarzen zu knabbern. Gleichzeitig streichelt er über die braungebrannte gestutzte Brust bis runter zum Bauchnabel. Er fährt voll auf diese männlichen Typen ab. Und Marco steht auf blonde, eher passive Jungs, die wilden Sex wollen.

Voll Vorfreude knetet er Andreas die Beule in der Lederhose. Hilft ihm dann das schwarze Shirt auszuziehen. Beide fallen wild knutschend auf das stabile Doppelbett. Ihre Lederhosen scheuern aufeinander, als sie sich über das Bett wälzen. Beide Jungs umfassen sich, kneten ihre Bodys und gehen voll ab. Mit entsprechender Geräuschkulisse.

Bis Andreas auf Marco sitzt. Dieser stößt zu. Durchs Leder scheuert sein Harter gegen Andreas' Kiste.

„Irre scharf", grinst der.

„Das wird noch besser", schaut Marco ihm in die Augen. Gleichzeitig öffnet er Andreas' Gürtel. Dann lässt er die Hosenknöpfe der Lederhose aufspringen. Durch einen schwarzen Seidenslip tropft ihm Andreas' Luststab knüppelhart entgegen. Marco zieht den Slip runter.

Andreas' Speer springt ihm entgegen.

„Komm höher", berührt Marco die vorsaftende Speerspitze.

Andreas tut ihm den Gefallen. Gleichzeitig packt er hinter sich. Massiert Marcos Keule durch die Lederhose. Der leckt ihm bereits die Eichel trocken, eh er sich den Luststab in den Mund schiebt. Als Marco zu blasen beginnt, stöhnt Andreas noch lauter, wie schon bei ihrem ausgiebigen Vorspiel auf.

„Irre. Marco, irre. Das hatte ich schon lang nicht mehr. Grrrr … mehr."

Marco ist begeistert. Wenn Andreas schon beim Blasen so abfährt, wird er sicher beim Ficken noch schärfer. Sein Hammer pocht immer noch in der engen Lederhose. Marco will mehr. Er beendet den Blowjob. Sinkt ins Kissen.

Andreas versteht. Er springt auf, zieht seine Lederhose ganz aus, um dann die Knöpfe an Marcos Lederhose zu öffnen. Mit zwei Fingern streicht er über die mächtige Ausbuchtung des nassen C.K. Slips.

„Ja lecker", beugt er sich über Marco, um nun dessen Harten zu bearbeiten. Als er mit dem Mund ansetzt, hat Marco Andreas' Hintern direkt vor den Augen. Marco leckt sich über die Lippen. Der leicht gebräunte, mit feinen Härchen überzogene Arsch gefällt ihm. Dazu ist Andreas ein begnadeter Bläser. Marco schließt die Augen und konzentriert sich ganz auf die leckende Zunge von Andreas. Unwillkürlich streicheln seine Hände dabei über dessen Arsch. Als er versucht, einen Finger in das kleine Loch zu schieben, dreht der sich um.

„Du magst ficken, was?"

Statt einer Antwort stürzt Marco sich auf ihn. Die beiden küssen sich, wobei Andreas die Beine spreizt.

„Du doch auch", erhebt er sich endlich und schnappt sich ein Kondom aus seiner Lederhose.

Andreas nickt. „Ich brauch es, ja. Ich hab schon Wochen nicht mehr." Voller Lust sieht er zu, wie Marco sich das Gummi drüber schiebt, Gel benutzt, ihn ein wenig hoch hebt und dann an seiner Grotte ansetzt.

Marco weiß genau, was er will. Er drückt seine geballte Männlichkeit in Andreas' Loch, während er sich gleichzeitig auf seinen Fickpartner legt, ihn küsst und erst dann loslegt.

Andreas hat nur kurz aufgeschrien. Zu groß seine Lust. Und er wird nicht enttäuscht. Aus der Hüfte heraus, ganz langsam, startet Marco. Er vögelt ihn, als würde er Kuchen schneiden. Ohne Eile, gleichmäßig und doch immer schön tief rein.

Beide sehen sich dabei mindestens genau so tief in die Augen. Pure Lust spiegelt sich darin wieder. Marco packt Andreas nach einigen Minuten an den Hüften. Sein Fick wird wilder, wird schneller. Andreas hilft mit dynamischen Bewegungen nach. Wichst sich sein Teil. Schnell, fest.

„Du, Marco, Marco mir kommt es … ich komme."

„Dann los. Zeig mir deine Sahne. Zeig." Marco geht in den Endspurt über.

Als Andreas wild knutschend explodiert und seine Sahne quer über das Bett schleudert, rotzt auch Marco ab. Fast lautlos, aber super intensiv sein Orgasmus. So geil hat auch er lange nicht gevögelt.

Carsten und Dennis sitzen am nächsten Morgen beim Frühstück. Ein Blick in die anderen Zimmer reicht Carsten, um zu wissen, dass sie allein sind. Großzügig schüttet er Sekt in zwei Gläser.

„Prost Hasi", stößt er dann mit seinem neuen Lover an.

„Und wo sind die anderen?", fragt der.

„Jochen in New York. Langzeitflug. Ich glaub, er kommt heut wieder. Na und Marco wird einen Typ aufgerissen haben."

Dennis sieht ihn ungläubig an.

„Tja du, das merk dir gleich, hier fragt keiner, wo der andere war."

Sie sind grad fertig, als die Wohnungstür aufgeht und Marco in der Küche erscheint.

„Guten Morgen. Ist noch Kaffee da?" Grinsend lässt er sich auf einen der freien Stühle nieder.

„Morgen, du Schlampe. Auch ein Brötchen?"

„Du bist ein Schatz." Marco holt sich Geschirr aus dem Schrank und macht es sich am Tisch bequem.

Dennis bekommt Stielaugen, als er seinen neuen WG Partner in diesen verdammt engen Lederhosen sieht.

„Warst du schon unterwegs?“, will er dann wissen.

Carsten tippt sich an die Stirn. „Ich habe es dir doch grad erklärt.“

Marco lacht. „Was erklärt?“

„Na, das hier jeder machen kann, was er will.“

„Aha. Gut zu wissen. Na Kleiner, dann kennst du ja nun schon die Hausordnung.“

Dennis Blick aber bleibt.

Marco schmiert sich ein Brötchen. Wieder lacht er.

„Okay, ich hab eine Saftschubse aufgerissen und mit ihm die Nacht im Hotel verbracht. Noch Fragen?“

Man sieht Dennis an, dass er die hat. Doch er reißt sich zusammen. In was für eine WG gerät er da nur gerade?

Dennoch will er schon eine Woche später einziehen.

Montagsabends treffen sich die neuen WG Partner mit Jochen, der den Kleinen begutachten soll. Mit Marco steht er schon früh am Abend in der X-Bar beim Cocktail.

„Gleich neun. Dann sind sie sicher sofort da. Marco, wie findest du den Typen denn?“

„Lecker“, grinst der und schlürft einen Long Island Ice Tea.

„Du Sau. Echt?“

„Ganz putzig halt. Blond, jung, verdorben, geil halt. Nur ob das mit Carsten lange gut geht?“

„Sind sie denn zusammen? Bei Carsten geht das eh immer so schnell.“

„Grad noch große Liebe. Immerhin, der Kleine wollte gleich sein eigenes Zimmer. Carsten hätte ihn lieber bei sich im Bett untergebracht.“

„Das kann dann ja heiter werden. Und hast du schon ja gesagt zu dem Einzug?“

„Jochen, wir entscheiden das zusammen. Der Kleine könnte

frischen Wind in die WG bringen. Ich glaub auch, dass er ganz gut zu uns passt. Aber wenn du dagegen bist, wird es nichts. Da kommen sie übrigens. Schau ihn dir halt einfach mal in Ruhe an."

Immerhin, sie halten grad mal nicht Händchen, denkt Marco, als die beiden auf sie zu steuern und Carsten dann seinem, was auch immer, Jochen vorstellt.

Da der Kleine nicht auf den Mund gefallen ist, kommen sie auch rasch in ein lockeres Gespräch. Trinken Cocktails, knabbern Nüsse und lassen die Stimmung steigen. Als Dennis um 22 Uhr von der Toilette kommt, schlägt er Jochen auf die Oberschenkel von dessen viel zu engen Jeans.

„Und, darf ich einziehen?", lächelt er ihn dabei verführerisch an.

„Du, wäre das die Einladung für einen One Night Stand gewesen, hätte ich sofort ja gesagt. Aber ich denk, als WG Kumpel bist du auch gebongt. Wann willst du denn einziehen?"

Dennis springt auf, um Jochen um den Hals zu fallen. Der hat dabei Gelegenheit, seinem neuen WG Kumpel kräftig über den Arsch zu streicheln.

„Darauf stoßen wir aber an", lacht Dennis glücklich. Schon hat er eine Flasche Sekt geordert, um mit seinen neuen Hausbewohnern anzustoßen.

„Und wann ziehst du nun ein?", blickt Jochen ihn beim Sekt schlürfen erneut an.

„Na sobald es geht. Wenn ihr helft, kommenden Samstag."

Sein Lover nickt. „Ja, da hab ich frei. Machen wir es doch so. Du musst nur vorher mit Marco noch die Details wegen der Kosten klären."

Der nickt. „Machen wir die Woche mal. Aber ich denk, da kriegen wir keine Probleme." Dabei prostet er Dennis zu.

Der prostet zurück und sieht ihn mit geilen Blicken an. Zu geil, wie Carsten findet, um ihn eine Stunde später von der Truppe los zu eisen. Schließlich will er ihn bis zum Studentenheim heimbringen und dort noch verwöhnen.

Jochen sieht ihnen hinterher, nachdem sie sich verabschiedet haben. „Du hattest recht. Echt lecker. Den würde ich auch nicht von der Bettkante schubsen."

Marco lacht. „Dann sind wir schon zwei. Das kann ja lollig werden. Rattig, oder was?"

Jochen nickt. „Du, ich hatte eine Woche nur Stress." Er sieht durch die halbvolle Kneipe.

„Dann las uns gehen. In der Midnight Sun ist sicher willigeres Publikum."

„Geile Idee."

Kurz darauf stehen sie dort an der Theke. Aufgekratzt von den zwei Cocktails und dem Sekt sieht Jochen sich auch hier um.

„Publikum besser?", stößt Marco ihn an.

„Ja, hat doch was. Wie findest du denn den?" Jochen deutet auf einen Bodybuilder Typen, der im Army Outlook mit kurz geschorenen Haaren in einer Ecke steht. Das Hemd ist so knapp geschnitten, dass es fast zu reißen droht. Eine Tätowierung ist auf dem rechten muskulösem Oberarm zu erkennen.

„Sicher voll der Hengst", lugt Jochen weiter rüber.

„Oder grad gar nicht", schmunzelt Marco. „Aber du hast recht. Sicher 'ne Sau." Mit verführerischem Blick schaut auch er rüber.

Der Muskelmann lächelt zurück.

„Eye, das ist meiner", schmollt Jochen.

„Ich hab es echt nötig."

„Kein Thema. Schnappen wir ihn uns zusammen. Komm mit."

Marco trinkt sein Kölsch aus, eh er Jochen mit sich in die hinteren Räume der Midnight Sun zieht. Dort läuft ein Hardcoreporno, davor im Raum gibt es eine Liegewiese und Sitzmöglichkeiten.

„Wetten, der kommt", setzt Marco sich. Dann packt er Jochen, um diesen vor sich zu schieben.

„Den machen wir jetzt heiß", grinst er und drückt Jochen einen Kuss auf den Mund. Willig öffnet der automatisch seine Lippen. Beide beginnen zu knutschen, wobei Marco über Jochens wachsende Beule streichelt. Als er ihm über die Schulter schaut, ist er zufrieden. Der Muskelboy steht zwei Meter von ihnen entfernt und betrachtet das Schauspiel mit großen Augen. Marco dreht seinen WG Kumpel so, dass der Kerl die fette Beule sehen kann. Provozierend zieht Marco den Reißverschluss runter, eh er in die Hocke geht. Jochen ist nun so rattig, dass er nur noch die Augen schließt und ficken will.

Marco zieht im Jeans und Slip runter. Dreht Jochen so, dass ihr Opfer nun auch dessen mit feinen blonden Härchen überzogenen Hintern sehen kann. Dann schnappt Marco nach dem voll ausgefahrenem vor ihm wippenden Schwanz. Jochen stöhnt auf, als er die gierigen Lippen an seiner Eichel fühlt. Interessiert, oder besser aufgegeilt, kommt Muskelboy nun näher. Beim Blasen erspäht Marco das dicke Schwanzpaket in den Army Hosen. Er bläst, um gleichzeitig mit einer Hand über die Ausbuchtung in der Hose ihrer Zuschauers zu streicheln. Wird Jochen gefallen, denkt er und steht auf.

„Hast du Bock auf uns?“, grinst er den Typ an.

„Yeah“, nickt der. „Aber nicht hier.“

„Schon klar. Runter“, lächelt Marco, wobei er Jochens Kolben wieder einpackt.

Zu dritt machen sie sich auf den Weg eine Etage tiefer. Der letzte Raum mit Sling ist leer. Jochen schließt als letzter die Tür. Marco hat sich da schon den Typ gekrallt. Er zieht Jochen aber mit der Hand zu sich ran. Dieser, nun alle Hemmungen vergessend, knutscht mit beiden und lässt sich nur zu gern die Jeans wieder runter ziehen. Aber auch Muskelboys Hose wird geöffnet. Schlampe, denkt Marco, als er da auch schon das Teil des Kerls in der Hand hat. Ein Slip fehlt. Marco lässt die zwei weiter knutschen, um, wieder in der Hocke, nun dem Muskelkerl den Kolben zu lecken.

Dank Cockring voll ausgefahren. Gleichzeitig streichelt Marco über die unbehaarten maskulinen Arschbacken. Die Sau hat dazu noch bereits Gleitcreme im Loch.

Beim Blasen wird Marco dadurch noch rattiger. Da Jochen zu dem fast nur passiv ist, wird ihm nun dieses geile Loch gehören.

„Lass mich mal“, zieht sein Kumpel ihn da hoch, um artig beide Kolben im Wechsel zu bearbeiten. Marco knutscht mit Genuss weiter.

Schließlich grinst er den Kerl an. „Sandwich?“

„Worauf warten wir“, schaut der ihm in die Augen.

„Scharf“, brüllt auch Jochen, eh er aufsteht, sich auszieht und in den Sling legt.

„War klar“, lacht Muskelboy, um sich ebenfalls frei zu machen.

Marco zieht zwei Gummis und Poppers aus der Jeans, eh er sich ebenfalls aus seinen Klamotten schält.

Muskelhengst schmiert Jochen da schon das Loch ein, während Marco ihm das Poppersfläschchen reicht. Alle schnuppern dran, dann steht der Hengst auch schon vor Jochen, um ihm sein Teil ins Loch zu schieben. Der quickt dazu. Marco sieht zu, wie nun sein WG Kumpel gevögelt wird.

„Wart mal“, stoppt er den Hengst, stellt sich hinter ihn und nimmt seinen Hammer in die Hand. Fast ohne Gegendruck verschwindet sein nicht grad kleines Teil ebenfalls in einem Arsch. Marco ist überrascht, wie geweitet seine Stute ist. Aber gut so, Jochen braucht es eh lang und so kann er kräftig zustoßen. Was er dann auch macht.

„Orr ja, fest. Mach, mach fester“, jault Jochen.

„Mach ich ja. Mann, bist du eng. Irre. Ist das geil, langsam Kinder langsam. Ja.“

Muskelboy bremst, während Marco nun voll in Fahrt kommt. Er packt seine Stute an den Hüften und rammt ihm das Teil immer wieder bis zum Anschlag rein. Der gibt die Bewegungen fast automatisch an Jochen weiter.

Alle drei stöhnen, bis Muskelboy aufschreit.

„Yeah, ich rotz ab, da …“ Damit pumpt er seine Sahne ins Gummi. Stoppt danach und dreht sich. Marcos Kolben flutscht dabei aus seiner Kiste. „Sorry. War total geil, aber ich so rattig.“

Ihr Opfer grinst, während er nach seinen Klamotten greift.

„Schon okay“, wechselt Marco das Gummi, um sich nun vor Jochen zu stellen. Beide schnuppern noch mal Poppers, und während ihr dritter Mann sich anzieht, vögelt Marco seinen WG Partner in festen, schnellen Stößen. Der wichst sich dabei das Teil und kommt erneut in Fahrt. Was auch gut so ist, denn dank seiner engen Kiste steigt auch Marcos Saft.

„Noch lang?“, fragt er.

„Rotz ab“, erwidert Jochen.

„Jetzt. Au ja …“, klatscht er da auch schon seine Brühe auf den Bauch, während Marco in seiner Kiste nach langer Zeit einmal wieder einen Orgasmus erlebt.

Einzug

Am kommenden Samstag zieht Dennis dann in seine neue WG. Über einen Kumpel hat Carsten einen Kastenwagen organisiert. Gepackt hat der Kleine schon in der Woche und als die drei um zehn kommen wollen, steht er, umgeben von Kisten und Kartons, in seiner Studentenbude.

Zwei Monate, war nicht lang, denkt er so vor sich hin.

Aus dem Nachbarappartment stürzt Tommy ins Zimmer. „Verrückt, bei dem super Wetter umzuziehen“, lacht der.

„Geht ja schnell“, schließt Dennis die letzte Kiste. „Nur alles runter ins Auto und dann fünf Kilometer Fahrt, eh der ganze Kram in mein neues Zimmer kommt.“

„Schon okay, gerne.“ Tommy reckt sich. Dennis sieht zu ihm rüber. Das T-Shirt ist hoch gerutscht und gibt den Bauchnabel mit einem silbernen Piercing frei.

„Hey, was ist das? Neu?“ Dennis schiebt Tommy das Shirt noch höher und betrachtet dessen neues Schmuckstück. Gleichzeitig fährt er über die leicht behaarte Brust.

„Brrrr, gefällt es dir?“

„Ja, bist schon schnuffig“, schaut Dennis seinen Studienkollegen an. In der kurzen roten Shorts noch umso mehr. Er mag halt diese behaarten dunklen männlichen Typen.

Tommy packt ihm in den Schritt. „Hättest du längst mal wieder haben können."

Dennis, ebenfalls nur in Shorts, wächst die Beule.

„Aber du hast ja nur noch Carsten im Kopf. Bin mal gespannt auf deine neuen WG Freunde."

In dem Moment klingelt es.

„Die werden dir sicher gefallen. Und Carsten, tja, ich mag ihn, aber ich weiß auch nicht." Dennis druckst herum und ist froh, die Tür öffnen zu können. Kurz drauf begrüßt er die drei und stellt Tommy vor.

„Dann mal los, eh es noch heißer wird. Und danach grillen wir", packt Jochen schließlich einen großen Karton. Carsten und Dennis folgen mit weiteren Kisten.

„Die sind ja witzig", blickt Marco Tommy an. „Wir sollten erst mal die großen Sachen in den Wagen bringen. Hilfst du mir mit der Kommode?"

„Klar gerne", lächelt Tommy. Auch er mag behaarte Typen. Und davon ist bei Marco, nur im Muskelshirt und schwarzen Adidas Shorts, reichlich zu sehen. Aber auch der hat mehr wie einen Blick auf den jugendlichen Typen geworfen.

Wenig später erscheint dann noch Larry auf der Bildfläche. Einer von Dennis kurzen, aber heftigen, Affären aus dem ersten Semester. Larry ist 26, Dauerstudent, Glatze und kernig, wie Jochen feststellt. Carsten ist weniger begeistert, denn dieser Larry drückt seinem Schnuffel zur Begrüßung einen etwas sehr intimen Kuss auf den Mund. Und dem scheint das auch noch zu gefallen. Immerhin er kann anpacken.

Bereits um kurz vor zwölf sind die sechs beim Ausladen am Brüsseler Platz. Wobei Tommys Laune dank der Blicke auf die übrigen halbnackten Jungs zunehmend besser wird.

„Fertig, alles drin", jubelt Jochen dann um eins und setzt sich erschöpft auf einen Stuhl im nun voll gepackten ehemaligen Gästezimmer. „Ich werfe dann mal den Grill an und mach mich in der Küche breit. Ihr könnt ja hier noch was auspacken. Okay?"

„Den Grill übernehme ich", lässt sich da Larry vernehmen. „Macht ihr mal. Dann zeig ich dir unsere Wohnung", packt Marco Tommy am Arm. „Packt ihr in der Zeit ruhig aus. Zu sechst bringt das eh nichts. Wir treffen uns dann später auf der Terrasse."

Tommy ist begeistert, als er mit Marco im großen Wohnzimmer steht.

„Ich hab auch lang gesucht. Es sollte hell und gemütlich sein. Zwei Bäder und jeder hat ne Bude für sich. Passt ganz gut."

„Das denk ich mir. Fast schade, dass eure WG nun voll ist."

Auch Marco darf Tommys Piercing sehen, als dieser sich mit dem Shirt den Schweiß von der Stirn wischt.

„Sommer in Köln. Magst du duschen? Das dauert eh mit dem Grillen. Komm mit." Marco schiebt Tommy in das geräumige Bad hinter seinem Schlafzimmer.

„Wau, Wahnsinn", sieht Tommy sich um. „Sogar ein Whirlpool. Und zwei Duschen. Die hab ich jetzt echt nötig."

„Spring drunter, ich hol nur noch Handtücher." Marco gibt ihm einen Schubs.

Als er mit Handtüchern wiederkommt, steht Tommy schon nackt unter der Dusche. Durch das Glas gut erkennbar. Auch er sieht Marco, der für ihn einen kurzen Strip hinlegt. Da Tommy ihm zusieht, und den Blick nicht abwendet, fackelt Marco nicht mehr lange. Statt die zweite Dusche zu nehmen, geht er auf Tommy zu.

„Eine Dusche reicht doch, oder?", öffnet er die Tür und springt zu Tommy unter die Dusche.

„Meinst du? Na dann seifst du mir sicher den Rücken ein."

„Sicher. Und nicht nur den." Marco schmiegt sich an Tommy, wird nass vom Wasserstrahl und sein Kolben hart von der Situation. Noch härter, als Tommy danach greift.

„Lecker und schön hart. Gefällt mir."

„Dito“, drückt Marco seine Lippen auf Tommys Mund. Um dann beim knutschen den jugendlichen Körper seines Duschnachbarn zu erkunden. Auch der erforscht nun mit den Fingern Marcos Body. Die Lage und der Typ turnen ihn ziemlich an.

So sehr, dass er vergisst, wo er ist.

Unterdessen räumen Carsten und Dennis die neue Bude des Studenten ein. Larry entfacht den Grill auf der Terrasse, wobei er sich seines Shirts entledigt. Nur in kurzen ausgefransten Jeans dackelt er dann zu Jochen in die Küche. Hier bereitet der Brot und Fleisch vor.

„Das sieht ja lecker aus“, lacht Larry, wobei er an Jochen runter schaut. Die kräftigen Waden und die schlanken Beine, die unter den engen Shorts in einem knackigen Hintern enden, gefallen ihm.

Jochen dreht sich. Ihm ist nicht ganz klar, was Larry genau meint. Nur Zentimeter hinter sich spürt er da die Männlichkeit des Umzughelfers. „Hey“, sagt er nur, als Larry mit den Händen an seinen Hintern greift. „Du Sau“, dreht er sich und dann hat er auch schon Larrys Zunge im Hals und dessen Hände in den Shorts. Ziemlich wild, was die beiden dann binnen Sekunden in der Küche anstellen. Bis Larry Jochen die Shorts runter zieht.

„Dreh dich“, drückt er ihn an den Küchentisch.

Jochen ist viel zu geil, um dem Befehl nicht zu gehorchen. Larry holt auch schon seinen Luststab aus der kurzen Jeans. Einen Slip hat er eh nicht an. Und als Dauercruiser am Aachener Weiher hat er eine Begabung dafür, auch in der Hose zu vögeln.

„Mach schon“, drückt Jochen sich auf den Küchentisch. Larry hat eh ein Gummi in jeder Hose und schon nach zehn Sekunden seinen Kolben in Jochens Kiste versenkt.

„Geiler Arsch“, brummt er, als er zuschlägt. Im wahrsten Sinne des Wortes.

„Scharf. Scharf. Warte.“ Jochen geht langsam ein wenig in die Senkrechte, um seinen Kolben bei dem Fick zu bearbeiten.

Larry packt seine Hüften, um sich dann an ihn klammernd wieder mit dem Hammer tief hinein zu stoßen.

„Mensch ist das geil. Irre, ich geh voll ab."

„Kommst du? Ich auch gleich."

„Ja, ja bin so rallig. Das ist … da."

Schon wenige Stöße später vögelt Larry sich seinem Orgasmus entgegen.

Jochen rotzt gleichzeitig seine Soße auf den Küchentisch, bis zu den Salatschüsseln.

„Sehr vitaminreich", lacht sein Hengst.

„Puh, geil, und keiner hat es mitbekommen."

Jochen greift nach einem Handtuch, um die verräterischen Spuren vom Küchentisch zu wischen.

Gleichzeitig fallen Marco und Tommy unter der Dusche immer noch wie wild geworden übereinander her. Nass vom Strahl der Brause haben sie sich eingeseift, eh Marco vor Tommy kniet und ihm das Rohr trocken leckt.

„Du Sau. Marco, Heaven ist das scharf."

„Dreh dich mal", schiebt Marco den jugendlichen Typ in eine Ecke unter die Dusche. Das nasse Loch zuckt ihm entgegen. Marco fährt mit der Zunge über die haarlosen Arschbacken, eh er in Tommys Loch züngelt.

„Ah, ah … Mann, Marco, ich sterbe. Geil. Das ist jetzt ..."

Marco lässt den Brausestrahl über beide Körper kreisen, während Tommy wie ein Wilder nun an seinem Harten nuckelt. So wild, das Marco explodiert.

„Vorsicht. Da, da." Er zieht seinen Harten aus Tommys Hals, wichst noch zwei, drei Mal und schleudert Tommy dann seine Sahne mitten ins Gesicht.

„Geil. Hammer ja. Mach mich voll."

Tommy verschmiert sich die Soße, springt auf, um dann weiter zu knutschen. Dabei wichst er sein Teil, bis auch er sein Sperma gegen Marcos Hüften spritzt. „Da hast du."

„Voll scharf", lacht Marco, eh er beide erneut mit der Brause sauber macht.

Beim Abtrocknen fragt Tommy: „Du, hast du noch mal Lust auf mich?“

„Klar. Am besten schon heut Nacht. Okay?“

„Okay. Aber dann im Bett.“

Marco lacht. „Na, da sicher auch noch.“

Mit viel Spaß sind die sechs dann wenig später auf der Terrasse dabei zu grillen. Alle nun nur noch in Shorts.

„Sommer in Kölle“, lacht Marco. „Ich lass mich dann mal bedienen.“ Damit wirft er sich auf die breite Hollywoodschaukel und zieht Tommy zu sich.

Dennis, der den Tisch deckt, glaubt seinen Augen dabei nicht zu trauen. Sein alter Kumpel Arm in Arm quasi mit seinem neuen geilen WG Partner. Immerhin, Carsten zieht ihn ebenfalls auf die Schaukel. So hat auch er zumindest etwas zum kuscheln. Wobei er merkt, der Reiz ist raus. Carsten ist lieb, aber er bringt es halt nicht.

Jochen schüttet Sekt in die Gläser. „Auf unseren Neuen. Geile Zeit hier“, will er anstoßen.

Dennis nickt. Geil könnte es werden, wenn nur Carsten nicht wäre. Oder in ihm den Lover fürs Leben sehen würde.

Er beschließt, ein klärendes Gespräch mit Carsten gleich Anfang der Woche zu führen.

Ein turbulenter Start

Bereits zwei Tage später spricht er erst mal mit Marco. Der sitzt, als Dennis zu ihm in sein Arbeitszimmer kommt, nur in einer glänzenden grünen Adidas Shorts am Schreibtisch.

„Hey, stör ich?“

„Nein, komm rein.“

„Marco, cool. Magst du die Shorts?“

Der lacht. „Ja, immer schon, mein Fetisch. Ich fahr voll auf die Dinger ab. Trag sie fast ständig. Gefallen sie dir?“

„Ja, ich find die geil. Hat was, vielleicht sollte ich mir auch welche anschaffen.“ Dennis wird regelrecht nervös, als er seinen gut gebauten braungebrannten WG Kumpel da so sitzen sieht. Zu gern würde er jetzt einfach über ihn herfallen.

Er ist nur froh, eine weit geschnittene Jeans anzuhaben. Sein Rohr ist bereits voll ausgefahren. Erst recht, als Marco ihn an den Schultern packt und in eine Ecke zu einer gemütlichen Ledercouch zieht. Breitbeinig, lässig sitzt er ihm dann gegenüber.

„Du, hier hab ich deinen Mietvertrag. So wie besprochen, auch von den Kosten. Soll dir einfach Sicherheit geben. Und du wirst ihn beim Amt brauchen usw.“

„Sicherheit“, nickt Dennis. „Du meinst, wenn Carsten und ich nicht mehr zusammen wären?“

Marco dämmert es inzwischen. „Ja, das auch. Probleme?“

„Hm. Ja, du es passt nicht. Ich mag ihn. Sehr sogar. Aber als Kumpel, mehr nicht.“

„So was kann passieren. Habt ihr geredet?“

„Noch nicht.“

„Tut das. Er wird es überleben. Aber ihr habt doch noch Sex oder täusch ich mich da?“ Marco muss grinsen.

„Ja, so lala.“

Wieder lächelt Marco. Carsten ist halt eher der Kuscheltyp. Dennis sicher eine geiles Dreckstück, und das nicht nur im Bett. Marco muss an Tommy denken.

Zumindest wenn der Kleine so scharf ist wie seine geile WG-Session. Marco ist froh, es am Wochenende so richtig ausgiebig gemacht zu haben. Denn so deutlich wie Dennis ihm grad zwischen die Beine schielt, wäre der sicher einer wilden Nummer nicht abgeneigt.

„Okay, sprecht miteinander. Ja?“ Aufmunternd klopft Marco ihm beim aufstehen auf die Oberschenkel.

Dennis schluckt. Für Sekunden hat er Marcos enge Shorts nur einige Zentimeter vor den Augen. Deutlich zeichnet sich unter dem dünnen Stoff der Schwanz ab.

Als er in sein Zimmer rüber wandert, drückt er seinen Harten. Er ist irre rattig. Carsten im Nachtdienst. Gayromeo oder Ausgehen, überlegt er und drückt seinen Harten.

Er chattet, als Marco wenig später durch die Tür schaut. „Du, ich bin noch mal weg."

„Okay, viel Spaß."

Dennis sieht Marco in dessen nun engen Jeans hinterher. Zu schade, denkt er und stellt sein Gayromeoprofil auf Sexsuche um.

Eine Stunde später steht David in der Tür.

„Hey, wir haben gechattet."

„Hallo. David? Komm rein." Dennis sieht den schlanken, braungebrannten Typen an. Mitte 20, schwarze Haare und verdammt scharf.

„Bin ich. Dennis. Du schaust ja noch besser aus wie auf den Fotos."

„Dito. Komm hier rein." Er führt seinen Gast in sein Zimmer, wo dieser ihn auch schon von hinten umfasst.

Nur Minuten später wälzen sie sich nackt über das frisch bezogene Bett.

Als Marco um 23 Uhr heim kommt, hört er schon im Flur heftiges Stöhnen. Als er seine dünne Lederjacke auszieht, horcht etwas genauer. Ob Carsten schon zurück ist? Wobei der doch Nachtdienst hat. Und Jochen fliegt grad Richtung Dubai. Bleibt nur Dennis. Mit wem der es da wohl grad treibt. Denn dass da zwei Typen Sex machen, ist unüberhörbar. Na, das kann ja heiter werden.

Eine halbe Stunde später steht Marco am Kühlschrank, als er durch die halb offene Tür sieht, wie Dennis seinen Stecher zur Wohnungstür bringt.

Überrascht, Marco zu sehen, kommt er zu ihm in die Küche. „Hast du auch Durst?", reicht Marco ihm die Colaflasche.

„Sorry", brummt Dennis und schnappt sich ein Glas.

„Wofür? Dennis, du solltest mit Carsten sprechen", sieht er ihn dann an.

„Ja, morgen. Und du wolltest ja nicht", rutscht ihm dann raus.

„Nicht unter den Umständen. Da hast du recht. Gute Nacht."

Dennis sieht ihm nach. Ja, er muss mit Carsten reden. Gleich am nächsten Nachmittag.

Sich des drohenden Gewitters bewusst werdend, macht Marco sich nach dem Mittagessen auf den Weg in die City. So können die beiden sich ungestört unterhalten.

Fetzen fliegen keine. Und auch sonst ist Carsten total gefasst. Was vielleicht daran liegt, dass er es eh schon vermutet und seit einigen Tagen einen neuen Krankenpfleger Azubi auf seiner Station hat. Und der ist nicht nur süß, sondern himmelt ihn auch noch total an.

„Aber du bleibst hier in der WG?", will Carsten noch wissen.

„Wenn ich darf? Ich mag dich ja. Ich mag euch alle."

Carsten nickt. „Okay. Das ist kein Problem. Gern sogar."

Und beide sind einfach nur froh, wieder frei zu sein.

Und so ist Marco überrascht, als er um sieben Carsten beim Kochen vorfindet.

„Magst du einen Rotwein? Ich mach grad Spagetti."

„Gerne. Das riecht ja schon lecker. Deine Spezialsoße, nehme ich an." Marco holt Rotweingläser aus einem der vielen Küchenschränke.

„Du, Dennis und ich sind nicht mehr zusammen."

„Ach. So plötzlich?" Fragend sieht Marco den Kumpel an.

„Ja, es klappte halt nicht. Aber ich glaub, hier in die WG passt er ganz gut."

„Okay. Wenn ihr damit klar kommt."

„Sicher. Du, ich treffe mich Mittwoch mit einem Kollegen. Was würdest du da anziehen? Ich meine privat."

Marco lächelt. Dennis ist tatsächlich schon Schnee von gestern für Carsten. Und noch deutlicher kann er das merken, als sie zu dritt wenig später total locker beim Abendessen sitzen.

Wobei Dennis dann doch Samstags drauf große Augen macht, als Carsten nachmittags mit Dave auftaucht und ihn seiner WG vorstellt.

Jochen, in einer knallroten Badehose, liegt auf einer der Liegen auf dem Balkon und sagt nur kurz Hallo.

Auch Marco, der in einen Krimi vertieft ist, nickt nur kurz. Aber er, Dennis, sieht sich seinen Nachfolger aufmerksam an. Ich sehe aber viel besser aus, denkt er dabei. Aber wenn sie glücklich sind. Ich find sicher auch rasch wieder wen. Aber Stopp, will ich das überhaupt? Und Dennis kommt auf den Gedanken, dass es sich als Single in dem Sommer in Köln sicher auch nicht so schlecht leben lässt. Und so ist er auch völlig relaxed, als Carsten mit Dave wieder abzieht.

Auch Marco macht sich nach dem Kaffee auf den Weg in die City.

Jochen dreht sich auf seiner Liege auf den Bauch.

„Hey, und hast du dich hier gut eingelebt? “, fragt er da plötzlich.

Dennis sieht zu ihm rüber.

„Ja, danke. Es ist echt total klasse hier mit euch.“

„Na denn. Dann creme mir mal den Rücken ein, wenn du schon so begeistert von uns bist.“

Dennis springt auf.

„Immer doch. Mach die Beine breit.“ Er nickt zu Jochen runter, eh er sich zwischen dessen Beine setzt, um Sonnenmilch auf dem dunkelbraun gebrannten Rücken zu verteilen.

Kräftig massiert er Jochen das Öl mit viel Gefühl in die Haut.

„Hey, das tut echt gut. Machst du das öfter?“ Jochen grunzt wie ein Ferkel.

„Wenn du lieb bist“, rutscht Dennis tiefer. Dann träufelt er Jochen die Sonnenmilch quer über die Beine hoch, Richtung Badehose. Kräftig knetet er ihm dann auch die Oberschenkel ein.

„Massier mir ruhig auch den Arsch“, packt Jochen da seine Badehose, um sie hoch zu ziehen. Dennis grinst. Die Kiste gefällt ihm. Entschlossen macht er sich mit den Fingern auf den Weg Richtung Grotte.

Jochen gurrt vor sich hin, als Dennis ihm den kleinen Finger geschickt ins Loch schiebt. Selber ist er längst sauratttig geworden, daher saftet auch schon sein Schwanz in der Retro-Unterhose

„Zieh deine Badehose mal aus, dann geht es besser", verlangt er schließlich von Jochen. Selber befreit er sich von seinem weißen Shirt.

„Das geht grad nicht", brummt Jochen.

„Doch das geht. Ich hab doch auch schon einen stehen", zieht Dennis da an Jochens Badehose.

„Okay Why not?" Jochen tut, wie ihm befohlen. Und so hat Dennis Gelegenheit, sich Jochens ausgefahrenes Gerät aus nächster Nähe anzusehen. Dann liegt der WG Kumpel wieder auf dem Bauch und Dennis schmiert ihm die Apfelhälften ein. Jochens Loch zuckt ihm dabei so scharf entgegen, dass er nicht anders kann. Er züngelt in Jochens blank rasierter Aschspalte.

„Wie bist du denn drauf? Aber scharf. Hallo."

Jochen ist nun nur noch nach etwas Hartem im Loch.

„In der Schublade vom Terassentisch liegen Kondome", jault er dann, während Dennis seine Grotte immer tiefer und nun mit drei Fingern erkundet.

„Na, wenn das keine Aufforderung ist." Rasch springt er auf, entledigt sich seines Slips und hechtet zu dem runden Tisch. In der Tat. Eine ganze Packung Kondome liegt in der Schublade. Und sogar Gleitgel. Was für eine WG, denkt Dennis noch, als er Jochen wieder auf der Liege sieht.

„Bläst du ihn mir?", stellt er sich daneben.

„Klar. Ich will ihn ja hart." Jochen schnappt sich den Lolly seines Mitbewohners, um ihn kurz zu verwöhnen.

Als Marco mit seinen Einkäufen zurückkehrt, ist Dennis bereits dabei, Jochen mit schnellen, tiefen Stößen das Loch zu versilbern. Marco packt in der Küche aus und sieht, geil werdend, zu. Seine Adidas spannt und er überlegt, raus zu gehen um mitzumachen. In dem Moment hört er ein Stöhnen und Wimmern. Die beiden sind bereits kurz vor ihrem ersten gemeinsamen Höhepunkt.

Jochen wird lauter, so wie Marco ihn kennt, und dann sieht er, wie Jochens Sperma durch die Luft fliegt. Auch Dennis ist soweit.

Zu spät, streichelt Marco sich über die Shorts, um dann in sein Arbeitszimmer zu gehen.

Immerhin sind beide später überrascht, dass Marco in der Wohnung ist. Dennis schaut richtig schuldbewusst in sein Arbeitszimmer.

„Oh, du bist da?"

„Ja, wenn du nichts dagegen hast. Ich wohn hier." Marco grinst.

Verdammt, denkt Dennis, nun hat er mich schon zum zweiten Mal beim Ficken erwischt. Ich wünschte nur, er würde es mir mal besorgen.

Abends sitzen die vier dann zum Abendessen gemeinsam auf der geräumigen Dachterrasse.

„Nächstes Wochenende ist schwules Straßenfest vor dem Corner", fällt Jochen da ein.

„Wie machen wir es denn da mit den Gästen? Und CSD ist auch bald. Ich meine, wir haben ja nun kein Gästebett mehr."

Carsten lacht.

„Ganz einfach. Jeder packt seine Gäste zu sich ins Zimmer. Ich hab eh niemand eingeladen. Du wohl?" Er weiß, dass Jochen immer irgendwelche Saftschubsen aus halb Europa einlädt. Wobei das bisher auch von Vorteil für ihn war. Aber nun ist er ja versorgt.

„Noch nicht. Aber so was ergibt sich ja schon mal." Die Jungs lachen.

„Okay, dann ist das klar. Jeder kümmert sich um seine Gäste." Marco schaut in die Runde.

„Und alles andere ergibt sich dann eh von selber." Wieder lachen alle.

Straßenfest

Am nächsten Wochenende gibt es dann erstaunlicherweise überhaupt keine Gäste. Zu viert zieht die WG Truppe Samstags am späten Nachmittag gemeinsam über die Schaafenstraße. Dank sommerlicher Temperaturen auch alle nur leicht bekleidet.

Von der Tribüne trällert Stephan Runge vom geilsten Arsch der Welt und Marco stöhnt.

„Dem fällt seit hundert Jahren auch nichts neues mehr ein. Jetzt fehlt nur noch die Nikuta. Leute, ich hab Durst. Kölsch?“

„Ja, aber bitte hinten an dem Stand rechts vor der Tribüne”, nickt Jochen.

„Gebongt“, lacht Marco. Auch er hat dort die geilsten Typen des Festes erspäht.

Und während die Clique sich zuprostet, schauen alle vier auf die vorbeilaufenden Jungs.

„Wo hast du denn deinen Sweety?“ Jochen sieht Carsten plötzlich an.

„Der muss noch arbeiten. Er kommt nach 22 Uhr.“

„Na dann hast du ja fünf Stunden freie Bahn.“

„Haha. Du hast auch nur Sex im Kopf.“

„Nicht wirklich. Momentan eher Hunger. Und eh wir hier versacken, brauch ich was im Magen.“

Dennis nickt. „Eine echt gute Idee. Wir können ja hinten vor dem Iron was essen. Ja?“

Die Stunden verfliegen. Carstens Sweety taucht auf, die beiden dann ab.

Dennis trifft Studienfreunde, mit denen er zur Kings und Queens will. Jochen wird langsam knülle und Marco flirtet vor dem Corner mit einem geilen Paar, welches sicher auf einen heißen Dreier aus ist.

Jetzt oder nie, denkt Marco. Er schickt Jochen zum Ausnüchtern nach Hause und geht auf die beiden zu.

„Hallo“, nickt er und lächelt sein schönstes Zahnpastawerbelächeln.

Beide um die 30, in engen Jeans, Muskelshirts und mit kurzen dunklen Haaren haben verdammt viel Ähnlichkeit miteinander.

„Guten Abend. Trinkst du ein Kölsch mit?“ Der Größere der beiden sieht Marco mit unverhohlenem Interesse an.

„Immer“, nickt der und reckt sich.

Zehn Minuten später weiß er, dass die beiden Mike und Stefan heißen, am Neumarkt hinter der Kreissparkasse wohnen und ihm gern ihre Wohnung zeigen würden.

Da beide ihm dabei über den Hintern streicheln, und er noch dazu eh rattig ist, stehen sie weitere 10 Minuten später in der luxuriös eingerichteten Wohnung der beiden.

„Ich hol uns mal ein paar Kölsch“, lässt Stefan sie im Wohnzimmer allein. Marco lehnt sich an eine Schrankwand. Mike bleibt vor ihm stehen. Ihre Blicke sagen alles und schon fallen sie knutschend übereinander her.

Als Stefan mit drei Kölsch zurückkommt, hat sein Lover Marcos Jeans längst von innen erkundet.

„Kölsch“, tritt er an beide ran, um dann mit zu fummeln. Die Flaschen stellt er vorher noch auf ein Sideboard.

Alle drei Jeans beulen, bis Marco die beiden stoppt.

„Sorry, ich muss erst mal pissen.“ Stefan lacht.

„Geile Idee. Hast du Lust? Ich mein, ich steh drauf.“

„Warum nicht? Okay, dann aber erst doch noch ein Kölsch. Es soll sich ja lohnen.“ Die drei lachen. Dann prosten sie sich zu, um danach beim trinken ihre Klamotten durch den Raum zu schleudern.

Kein Gramm Fett, denkt Marco, als er die beiden nackt vor sich stehen sieht. Im Wechsel lecken sie ihn dann ab. Marco spürt ein Kribbeln am ganzen Körper. Zwei Zungen, vier Hände, doch dazu halt der Druck auf der Blase.

„Ich muss jetzt echt pissen“, wuschelt er den beiden durch die kurzgeschorenen Haare. Stefan scheint nur darauf gewartet zu haben.

„Komm mit“, springt er auf. Sie rennen fast ins Bad. Die Badewanne ist riesig. Stefan liegt wie der Blitz darin.

„Pisst mich voll, ja?“ Er schaut lüstern zu den beiden hoch. Marco kennt da keine Hemmungen mehr. Er pinkelt Stefan auf die Speerspitze, den Bauch, hoch zur Brust und ins Gesicht. Der pinkelt zurück und erreicht Marcos Kolben. Auch Mike macht mit.

Er spritzt im Wechsel, erst seinem Lover in die Fresse, dann Marco auf die Brust.

„Geil“, schnappt sich dieser den Typ, um zu knutschen. Der Shower – Regen turnt die drei unheimlich an. Stefan, auf dem Boden liegend, wichst mit 180 Sachen sein Teil.

„Spritzt mich voll. Gleich, bitte!“ Kniend leckt er dann Marco ab und versorgt ihn mit einem Turbo Blowjob. Der knutscht dabei weiter mit Mike, dem er dazu die Keule wichst.

„Leg dich wieder hin“, stöhnt der da zu seinem Lover runter. Wild wichsend gehorcht Stefan. Marco und Mike wichsen und zielen Richtung Gesicht.

„Jaaaaaaaaaaa“, hat Marco einen irren Orgasmus. Ebenso Mike und gemeinsam schleudern sie ihre Sahne in Stefans Gesicht. Der ist selig und rotzt ebenfalls ab.

Unterdessen danct Dennis auf der Disco. Sein Shirt hat er längst ausgezogen und total aufgekratzt reibt er seinen jungen Body immer häufiger an irgendwelchen Typen.

Gegen fünf will er dann, total ausgepowert, heim. Er verlässt die Halle, um Richtung Deutzer Freiheit zu wandern. Mit ihm verlässt ein Glatzkopf in Army Hose und mit nacktem Oberkörper ebenfalls die Location.

Beide latschen sie quer durch Deutz Richtung U-Bahnstation. Voll scharf der Typ, denkt Dennis, der auf die enge Army Hose stiert.

„End of the party”, schaut der Kerl ihn da plötzlich an.

„Ja, ich bin total fertig. Tanzen ohne Ende. Du auch?“ Beide bleiben stehen.

„Ich hab noch Power. Hast du Bock?“ Der Typ starrt Dennis auf die Hose.

„Worauf?“ Dennis spielt das Spiel mit.

„Sex. Was sonst? Da vorne.“ Fast schon an der Haltestelle Deutzer Freiheit stehen einige Bäume und Büsche in der Nähe der Straße. Der Kerl verschwindet zwischen zwei Sträuchern. Pervers, denkt Dennis. Er folgt ihm aber ohne zu zögern. Dennis ist so heiß, dass sein Kolben schon hart wird bei dem Gedanken, es gleich mit dem Kerl zu machen.

Der Typ hat bereits seine Army Hose runter gezogen und keult sich sein ebenfalls voll ausgefahrenes Rohr. Bei dem Anblick durchzuckt es Dennis noch mehr.

„Lutsch ihn mir“, fordert die Sau Dennis auf. Gleichzeitig schnüffelt er an einem Poppersfläschchen.

Nur zu gern gehorcht Dennis und leckt über den langen harten Kolben. Seine Geilheit steigt. Sein Gegenüber stöhnt wie ein wild gewordener Hirsch. Voll scharf, denkt Dennis. Dann streichelt er dem Typ über die Beine, den Bauch und den Arsch. Der röhrt weiter wie ein brünstiger Hirsch. Und das mitten in Köln.

„Lass mich auch mal“, zieht er Dennis nach oben, als der nach Luft schnappen muss.

„Hier“, reicht er Dennis dann eine dem vollkommen unbekannte Poppersflasche.

Der riecht, vier, fünf Mal, eh er sich die Jeans und seinen XTG Slip runter zieht. Auch sein Stecher schnüffelt noch einmal, eh er total heftig über Dennis herfällt.

Der hebt voll ab. So eine Dröhnung hatte er noch nie. Dazu bekommt er seinen Kolben so geil geblasen, dass er meint, die Engel singen zu hören.

Er fällt fast von selbst auf den Boden. Sein Bläser landet quer auf ihm. Gegenseitig lecken sie sich in der 69ger Stellung die Riemen.

„Noch mal“, schnappt die Sau nach dem Fläschchen. Dennis ist so geil, dass er ebenfalls nicht zögert. Danach hebt er vollkommen ab. Er meint, nur noch aus seinem Schwanz zu bestehen. Und der wird so irre heftig bearbeitet, dass er ganz plötzlich explodiert. Er spritzt seinen ganzen Saft ins Maul seines Sexpartners. Der stöhnt, schreit, und ist begeistert. Dennis bekommt nur schwach mit, wie der Kerl sich danach die Latte weiter wichst und noch einmal laut aufschreit.

Als er langsam wieder zu sich kommt, ist der Typ schon wieder angezogen.

„Das war echt scharf. Bis dann."

Dennis fühlt den Alkohol, Müdigkeit und die Popperswirkung. Was auch immer das für ein Zeug war, es hatte es in sich. Mühsam rappelt er sich auf. Er will nur noch heim.

Es ist schon fast sechs Uhr in der Frühe, die Bahnen fahren und bis zum Rudolfplatz sind es nur drei Stationen. Von dort wankt Dennis weiter zum Brüsseler Platz, hoch in die fünfte Etage und ins Bett.

Als er um zwei Uhr Mittags erwacht, steigt er unter die Dusche. In der Küche steht Kaffee. Nur in Boxer Shorts dackelt er mit einem großen Becher voll Kaffee auf die Terrasse.

Marco liegt auf der Hollywoodschaukel und liest. Jochen gießt die üppig verteilten Grünpflanzen.

„Guten Morgen, ihr zwei."

„Morgen. Au Mann, war es so spät?" Jochen sieht ihn mitleidig an.

„Eher früh", brummt Dennis. „Rutsch mal", lässt er sich dann bei Marco auf der Schaukel nieder. Der hebt die Beine.

„Schneidersitz?" Und schon liegt Dennis halb zwischen Marcos muskulösen Beinen. Ein Fehler, wie er sofort merkt.

Marco, nur in schwarz-weißen Badeshorts, macht ihn binnen Sekunden wieder scharf. Das heißt, es sorgt dafür, dass der Inhalt seiner Boxer Shorts lebendig wird.

„Es gibt nachher Kuchen", beendet Jochen die Blumenpflege und verschwindet in der Küche.

Dennis glaubt immer noch, das Poppers der vergangenen Nacht zu spüren.

„Du Marco, gibt es Poppers mit Langzeitwirkung oder so was ähnliches?"

Der lacht. Dann sieht er seinen jungen WG Partner ernst an.

„Warum meinst du? Hat dir jemand was in dein Kölsch Glas getan? Was ist passiert?"

Dennis berichtet kurz.

Marco streichelt ihm dabei mit dem nackten Fuß über die ausgefahrene Latte.

„Das könnte auch Viagra gewesen sein“, lacht er dann.

„Nein, im ernst, es gibt so starke Dinge, die merkst du auch noch am nächsten Tag. Jochen kennt sich da aus.“

Der erscheint in dem Augenblick mit einem Tablett in der Tür.

„Wobei?“ Dabei schaut er ungeniert auf Dennis’ Beule. Im Nu diskutieren sie dann über die verschiedensten Poppersarten. Bis auch Carsten heim kommt, und noch einige Weisheiten dazu streut.

Gegen fünf relaxen alle vier faul in der langsam untergehenden Sonne, bis Jochen plötzlich aufspringt.

„Hey, heut ist der zweite Tag vom Straßenfest. Wollten wir da nicht hin?“

„Klar. Ich muss aber noch duschen”, reckt Marco sich.

„Ich brauch auch noch was“, öffnet Carsten die Augen.

„Na, das kennt man ja“, stichelt Dennis.

„Ich würde sagen, um sechs Uhr. Oder?“ Die Jungs erheben sich und mit viel Tam Tam machen sie sich fertig. Was ja immer dauert, wenn sich vier Schwuppen stylen und es noch dazu nur zwei Badezimmer gibt.

Immerhin stehen sie um sieben wieder am Bierpavillion und schmettern um neun kräftig mit, als Ireen Scheer ihr ‚Und heut Abend, hab ich Kopfweh’ von der Bühne trällert.

Wobei Jochen neben zig Kölsch bereits einige Kurze intus hat und Kopfschmerzen für den nächsten Tag vorprogrammiert sind.

CSD

Eine Woche später ist CSD in Köln. CSD, das heißt, Party total. Und Gäste ohne Ende für die WG am Brüsseler Platz.

Freitagmittags ist jeder der Jungs damit beschäftigt, Decken, Kissen und sonstigen Krempel herzurichten.

Jochen hat dazu zwei Tage lang Großeinkauf gemacht.

Als Dennis in den Kühlschrank schaut, trifft ihn fast der Schlag.

„Leute, wer soll das denn alles essen?“

„Warte mal ab, Montag müssen wir sicher einkaufen“, lacht Jochen nur. „Das war bisher jedenfalls fast immer so.“

„Na dann. Ich bin schon neugierig auf eure Gäste.“

Jochen lacht wieder. „Neugierig oder rattig?“

„Ich doch nicht. Ich bin schüchtern.“

„Du? Du bist ’ne Drecksau. Und sicher bald mal wieder fällig.“ Dabei krault Jochen seinem WG Kumpel kurz die Eier. Nur kurz, aber immerhin so lange, dass Dennis eine Latte bekommt und scharf wird.

„Geht doch. Ich muss aber leider noch Sekt holen. Bis später.“

Dennis sieht ihm hinterher. Das ist eine WG!, denkt er dabei erneut.

Dennis hat zwei Freunde aus seiner Heimatstadt da, Jochen einen Kumpel aus Stuttgart und Carsten hat Glück. Seine Freunde sagen kurzfristig ab. So kann er sich ganz seinem Sweatheart widmen.

Auch Marco hat Samstagnacht Freunde zu Gast. Alle gemeinsam ziehen sie abends vor das Corner, um sich dann teilweise wieder zu trennen.

Sonntag gegen Mittag geht es dann gemeinsam zum Umzug. Den CSD auf der Deutzer Brücke im geilsten Sommerwetter zu erleben, ist immer wieder ein Erlebnis.

Die Sektflaschen knallen, noch eh der Zug an ihnen vorbei rauscht. Beim Sekt schlürfen bummeln unzählige Jungs, Kerle und Männer an ihnen vorüber. Jochen nippt Gedanken verloren an seinem

Sektglas, um dann den Blick über die vorbeiziehende Menge schweifen zu lassen.

Sechs Typen, Arm in Arm, laufen leicht schunkelnd vorüber. Sein Blick fällt in das Gesicht eines jungen Mannes. Schwarze Haare, weißes Shirt und Blue Jeans. Schwarze Augen sehen ihn an. Wie gebannt schaut Jochen ihn an. Genau der Typ, für den er sterben würde.

Dem Kerl scheint es ähnlich zu gehen. Er bremst die Gruppe, lacht Jochen an und dreht beim Weiterlaufen den Kopf. Seufzend sieht Jochen ihm hinterher.

Marco, hinter ihm, erhascht zur gleichen Zeit einen Blick auf den Hintern von Jochens Kumpel Dirk. Dirk aus Stuttgart trägt eine Army Hose, die sicher zwei Nummern zu klein ist. So wie der Hintern spannt, trägt er sicher nichts drunter, überlegt Marco.

Außerdem hat er als Einziger bereits sein Hemd ausgezogen. Six Pack, denkt Marco weiter. Und den will er zeigen. Sicher hat er den speziell für den CSD antrainiert. Und Marco könnte sich mit dem Gast seines WG Kumpels ein ganz spezielles Training nur zu gut vorstellen.

Während die Parade vorüber zieht, drückt Dirk Marco dann gleich mehrfach seine Kugelhälften vor dessen Schwanz.

Anschließend bei der Kundgebung auf dem Heumarkt ist die ganze Truppe noch zusammen. Doch während der WDR Schlagerstunde driften sie auseinander. Dennis zieht es mit seinen Gästen vor den Gürzenich, Jochen sieht seinen schwarzhaarigen Schwarm in der Menge wieder und folgt ihm ohne zu zögern.

Marco sagt seinen Gästen, die zum Zug müssen, Adieu und Carsten lädt Dave zum Essen, weit weg vom CSD, ein. Irgendwie hat er Angst um seinen Lover, bei all den geilen Typen und der immer ausgelasseneren Atmosphäre.

„Hey, wo ist denn der Rest?", kommt Marco zu Dirk zurück.

Der steht immer noch mit nacktem Oberkörper etwas verloren in der Menschenmenge. Fast erleichtert fällt er Marco um den Hals. Der nutzt die Gelegenheit, um Dirk kräftig auf den Hintern zu klopfen. Das reicht, denn schon hat er Dirks Zunge im Hals. Beide beginnen einen wilden Kuss Marathon mitten in der Menschmenge.

„Hey, nicht schlecht. Was hältst du davon, kurz heim zu fahren und dann später vorm Corner zu landen?“ Marco versteht es immer, Gelegenheiten zu nutzen.

„Jochen ist eh weg. Worauf warten wir noch?“

Jochen steht unterdessen drei Meter von seinem Dreamboy entfernt, irgendwo zwischen Gürzenich und Alter Markt, und starrt zu ihm rüber.

Nicht weit von ihm entfernt knutscht Dennis bereits mit dem dritten Typ an dem Tag rum. Steffen aus Dortmund, der leider auch mit dem Zug in 20 Minuten heim muss. Dabei hat Dennis bereits mächtig Druck in der dünnen Jeans. Alkohol und die Sonne haben ihn zusätzlich scharf gemacht.

Irgendwer in der City wird doch wohl noch ein paar Stunden Zeit für eine geile Nummer haben.

Die hat Marco grad mit Dirk.

Kaum in der Wohnung, haben sie sich von ihren Klamotten befreit, um dann in Marcos Bett übereinander herzufallen.

„Macht der CSD immer so rattig?“ Dirk streckt Marco seine Kiste entgegen.

„Immer. Besonders wenn jemand wie du mit seinem Hintern gegen meinen Schwanz reibt.“

„Warst du da schon spitz?“ Dirk stöhnt auf.

„War ich“, drückt Marco ihn auf den Bauch. Dirk jault voll auf vor lauter Vorfreude. Marco greift nach einem Kondom vom CSD Umzug, eh er es Dirk so heftig besorgt, dass er sicher noch lang an den CSD in Köln denken wird.

Jochen hat nach kurzem Blickkontakt seinen Schwarm angequatscht. Nur zu gut kennt er Dennis’ Problem, dass nach dem Umzug fast alle Jungs wieder nach irgendwo in Deutschland oder sonst wo müssen.

Sein Schwarm heißt Patrick, ist Kameramann und kommt aus

Hamburg. Das erfährt er, als beide eine Stunde später auf einer Wiese inmitten von sich verabschiedenden Jungs sitzen.

Bisher quatschen sie nur, wobei Jochen unheimlich heiß ist. Der Typ haut ihn um. Als Patrick ihm sanft durch die leicht gelockten Haare fährt, ist es aus. Wie wild springt er auf Patrick, um ihn zu küssen und zu streicheln. Der wehrt jedoch ab, und wirft Jochen zur Seite.

„Sorry. So nicht. Hey, auch wenn CSD ist, auf eine schnelle Nummer hab ich keinen Bock. Da such dir besser jemand anderen."

Er springt auf, und will schon gehen, als Jochen wie der Blitz neben ihm steht.

„Du, es tut mir leid. Aber du warst so süß und sicher bist du gleich weg."

„Hallo? Du, ich find dich auch süß. Und schwer okay daher, ... du, wir können uns gern wieder sehen."

„Hamburg", entfährt es Jochen da und traurig schaut er Patrick an. So traurig, dass der ihn fest ihn die Arme nimmt.

Zur Techno-Mucke hat Dennis auch erneut jemand gefunden. Yannick aus der Schweiz. 24, schwarze gegelte Haare, Muskeln und eine mächtige Ausbuchtung in der Jeans. Was will man mehr, denkt Dennis.

Beide spielen aneinander rum und würden liebend gern ficken. Das Problem ist nur, dass Yannick bei Freunden schläft und Dennis noch Gäste hat. Verflucht, denkt er. Nächstes Jahr will er niemanden mehr einladen.

Noch schärfer werdend, drückt er Yannicks Kolben. Seine Hand ist längst in dessen Jeans gewandert und beflügelt auch Yannicks Lust auf mehr.

„Was hälst du vom Chains?", drückt Dennis noch mal zu.

„Warum nicht?" Yannick bohrt ihm bereits den kleinen Finger in die zuckende Rosette.

Im Chains ist es ebenfalls voll und alle Kabinen belegt. Yannick schubst Dennis im Keller in den schwach beleuchteten Darkroom.

Dort sind sicher mindestens 15 Typen beim Sex.

„Hier?", murmelt Dennis. Doch Yannick hat ihn da schon in eine Ecke geschubst und seine Army Hose runter gezogen. Er packt Dennis und drückt ihn in die Knie.

Yannicks hartes Teil vor Augen, leckt Dennis ihm über die nasse Eichel.

„Saug, leck, mach ihn hart", brummt Yannick, eh er an einer Flasche Poppers schnuppert.

Nur einen Kilometer weiter stößt Marco Dirk so scharf, dass dessen Gejaule durchs halboffene Fenster bis runter auf den Brüsseler Platz zu hören ist.

Von Poppers enthemmt, lässt Dennis sich dann von Yannick inmitten einer Menge Zuschauer oder Akteuren ebenfalls durchorgeln.

Er hat nur noch schwach registriert, dass Yannick ihn ausgezogen und sich selbst ein Kondom über den Schwanz gestülpt hat. Mit dem er dann in Dennis' Kiste eindringt.

Dennis denkt nur, endlich, endlich hab auch ich meinen CSD Fick.

„Rein damit, fuck", schreit er.

Die Umgebung ist egal, nur der Hammer im Loch zählt.

Weit weg vom CSD sitzen Carsten und Dave in einem kleinen Lokal in Lindenthal. Wobei Dave leicht murrt, da er nun weg vom CSD und von allen Bekannten ist.

„Ich will dich. Nur dich. Und dich nicht mit anderen teilen", drückt Carsten ihm die Hand.

Dave schluckt. „Du, ich bin dir doch treu. Auch am CSD. Aber sperr mich bitte nicht weg vom Leben. Hörst du?" Ernst sieht er seinen Lover an. Doch Carsten begreift nicht.

Um 22 Uhr steht Jochen Arm in Arm mit Patrick auf dem Bahnhof. Und dann küsst Patrick ihn. Sanft, vorsichtig, nur mit den Lippen.

Bewusst bremst er Jochen, der eh dauerspitz ist. Patrick macht ihn einfach total an. In jeder Hinsicht. Seit vier Stunden hat er einen Dauerständer. Er drückt Patrick ganz fest an sich.

„Küss mich noch einmal", schaut er seinem Hamburger Boy dann in dessen schwarze Augen. Und Patrick tut ihm den Gefallen. Diesmal nutzt er sogar seine Zungenspitze. Jochen vibriert am ganzen Körper, als er Patricks Zunge willig seinen Mund öffnet.

Um sie herum 1000 geile Typen auf dem Heimweg und die beiden wild beim Knutschen. Doch sie werden kaum beobachtet.

„Ich muss dich wieder sehen", flüstert Jochen seiner neuen Flamme ins Ohr.

„Ich dich auch. Schnell, mein Zug kommt, gib mir deine Nummer."

Dann geht alles ganz schnell. Noch eh Jochen es begreift, steht er allein auf dem Bahnhof. Nicht allein, aber Patrick ist weg. Stumm sieht er lange dem davon fahrenden Zug hinterher.

Mit einem Kloß im Hals macht er sich dann auf den Heimweg. Am Neumarkt kommt eine SMS.

‚Du ich meine es ernst. Ich würde dich sehr gerne wieder sehen. Kuss Patrick.'

Seine Stimmung bessert sich schlagartig. Er antwortet und so simsen die beiden noch den ganzen weiteren Abend bis in die Nacht rein.

Schon am nächsten Tag telefonieren sie zwei Stunden lang. Dabei planen sie ihr Wiedersehen. Was überhaupt nicht so einfach ist, da Patrick als Kameramann ständig durch halb Europa fliegt.

„Patrick, wie wäre es mit dem Wochenende in zwei Wochen? Da hab ich eh vier Tage frei und Zeit."

„Ich auch. Nur leider hocke ich da auf Ibiza. Wir drehen da. Wobei ich echt drei freie Tage an dem Wochenende habe. Könntest du nicht dahin kommen?"

Jochen lacht.

„Das bekomm ich sicher hin. Als Flugbegleiter krieg ich die Flüge ja fast für nichts. Ich schau gleich mal ins Internet."

Als Marco um 23 Uhr aus der X-Bar heimkommt, findet er Jochen noch beim googeln vor.

„Hey, suchst du einen Flug?“

„Ja, zu Patrick. In zwei Wochen nach Ibiza. Ich hab doch beim Frühstück von ihm erzählt.“

„Hast du? Stimmt. Und nun wollt ihr nach Ibiza?“

Jochen erzählt und Marco schaut mit ihm auf den PC.

„Das wird sicher geil. Solltest du plötzlich doch nicht mehr wollen, flieg ich.“

„Doch, klar mag ich. Du Marco, flieg mit. Dann wird es günstiger und wir haben sicher eine Menge Spaß dabei. Vier Tage.“

„Spaß wirst du mit deinem Patrick haben. Aber in der Tat, die Sache hat was. Gibt es denn noch zwei Flüge und ein Hotel?“

Ibiza Sunshine

Knapp zwei Wochen später fliegen die beiden Donnerstag frühmorgens Richtung Ibiza.

Da Carsten mit Dave ebenfalls einige Tage wegfährt, darf Dennis die Wohnung allein hüten.

Endlich sturmfrei, denkt der, macht den PC an und logt sich mit Sexsuche auf Gayromeo ein.

Jochen und Marco steigen im Cenit, einem Gayhotel, oberhalb von Ibiza-Stadt, ab. Beide packen sie schon um 11 Uhr ihre Klamotten aus.

„Du, Marco, um 5 oder eher holt Patrick mich ab.“

„Okay, dann einen geilen Abend. Der Rückflug ist Montag, um 19 Uhr. Da solltest du wieder hier sein.“ Marco lacht und gibt Jochen einen Schubs.

„Hey, genieß es.“

Dann geht alles noch schneller. Um zwei Uhr, als beide am Pool in der Hitze braten, ruft Patrick an.

„Du, ich kann um drei mit dem Auto da sein. Bist du fertig?“

„Bin ich, Schatz. Bis gleich. Kuss.“

Das Wiedersehen verläuft stürmisch. Danach packt Patrick Jochen ins Cabriolet. Händchen haltend fahren sie dann quer über die Insel.

„Wohin geht es eigentlich?“ Jochen schaut Patrick verliebt an. In dem roten Muskelshirt und den schwarzen Shorts schaut sein Traummann noch schärfer aus, als auf dem CSD.

„Hinter Santa Eulalia gibt es einige Buchten, da haben wir sicher eine nur für uns. Ich möchte dich ja endlich in Ruhe kennen lernen.“

Patrick drückt Jochens Hand und gibt Gas.

Tatsächlich finden sie eine Bucht, in der sie sich auf einem großen Laken niederlassen. Jochen schluckt. In seiner knapp geschnittenen schwarzen Badehose gefällt Patrick ihm noch besser. Er bemüht sich, nur nicht zu schnell auf Patricks Ausbuchtung zu schielen. Was ihm jedoch nicht ganz gelingt.

Ihm wird heiß und die Beule in seiner roten Badehose wächst. Schnell legt er sich auf den Bauch. Warum muss der Typ ihn auch so irre heiß machen?

Patrick legt seinen Kopf an Jochens Schulter.

„Endlich hier. Endlich wir beide mit viel Zeit ganz allein in der Sonne. Du, Jochen, ich find es ganz toll, dass du gekommen bist.“

„Für dich wäre ich auch ans andere Ende der Welt gefahren.“

Patrick lacht. „Dabei kennen wir uns überhaupt nicht. Aber du hast recht. Ich hätte Köln sonst sicher auch bald einen Besuch abgestattet.“

Patrick beginnt, Jochen zärtlich zu kraulen. Zunächst über seinen Rücken, dann die Oberschenkel hoch bis hin zum Arsch.

„Patrick, deine Hände … du machst mich wahnsinnig.“

„Du mich auch”, dreht Patrick ihn. Jochen kann nicht anders, er zieht Patrick auf sich. Und wieder küsst der ihn zunächst ganz sanft nur mit den Lippen.

Sein Schwanz jedoch verrät nun auch Patrick. Stahlhart pocht sein XL Kolben in der schwarzen Badehose. Als die beiden sich schon intensiver küssen und Patrick über Jochen reibt, verrutscht seine Badehose so extrem, dass die Eichel raus springt und in Jochens Bauchnabel ihren ersten Vorsaft verreibt.

Endlos lang und nach einiger Zeit auch mit Zunge, küssen beide weiter. Patrick dreht seinen Lover dabei, und liegt nun unten. Seine Badehose rutscht dabei weiter und legt nun sein Rohr komplett frei. Jochens Bewegungen sorgen dabei dafür, dass beide Kolben stahlhart bleiben. Jochen vibriert. Selten zuvor war er so geil auf einen Kerl. Und nun das. Patrick unter ihm. Als der Luft holen muss, leckt er seinem Dreamboy über das unrasierte Kinn. Wie ein Kind nuckelt er dann an Patricks Brustwarzen.

„Oh Mann, Jochen. Ich, du, mach mit mir, was du willst.“

Patrick streckt alle Viere von sich. Jochen rutscht tiefer. Sein Kinn reibt sich nun an Patricks Eichel. Länger halten kann und will er sich nicht. Wie der Blitz hat er Patricks Schwanz in seinem Mund. Geschickt holt er beim Blasen Luft, um sich das Teil wieder und wieder rein zu drücken. Nach einem Wechsel, bei dem beide Badehosen zur Seite fliegen, zeigt Patrick ihm, dass auch er etwas vom Blasen versteht.

„Nimm mich. Lieb mich. Jetzt, hier. Nimm mich.“ Er streichelt seinen Lover, als dieser erschöpft Luft holen muss.

„Jetzt. Hier und noch ganz oft”, zieht Patrick dann ein Gummi aus dem Rucksack. Als sein Speer dann in Jochens Grotte verschwindet, sind beide im siebten Himmel.

Nicht zu schnell, aber tief und mit ganz viel Gefühl startet dann ihr erster gemeinsamer Fick.

Patrick weiß genau, wie er Jochen in den Wahnsinn treiben kann. Beide treiben es dann so lange, bis Jochens Sahne in den warmen Sand spritzt, während sein Stecher einen irren Orgasmus beim Vögeln erlebt.

Marco liegt an dem Tag einfach faul am Pool. Abends wirft er sich in enge Jeans und ein rotes Muskelshirt, um darin die Altstadt unsicher zu machen. Gegen Mitternacht landet er im Angelos, wo die Jungs sich zum Cocktail vor der Disco treffen.

Bei einem Long Island Ice Tea schaut er sich um. Einige leckere Schnuffis sind dabei.

Ein blonder Typ mit langem blonden Zopf sticht ihm ins Auge. Knackarsch in der betont engen Jeans und sicher passiv, vermutet Marco. Der Typ trägt sein Hemd offen und zeigt einen feinen blonden Haarflaum bis zum Bauchnabel und tiefer bis zum Hosenansatz. Wobei er so schlank ist, dass man nicht von Bauch reden kann.

Marco versucht Blickkontakt herzustellen, was ihm auch gelingt. Selbstbewusst quatscht er das junge Teil an.

„Hallo."

„Hello. Deutsch?"

„Ja, du auch?"

„Ich bin Schweizer. Brian. Willst du auch nachher ins Anfora?"

„Später ja. Bist du allein hier? Ich heiß Marco." Marco zieht den Sweety in Gedanken schon aus.

Auch der schaut interessiert auf Marcos silbern glänzenden Gürtel.

„Meine Leute kommen später. Wir können ja schon vorgehen."

„Okay", trinkt Marco seinen Cocktail aus.

Als sie vor der Disco stehen, sind sie fast die ersten.

„Na, das muss aber auch nicht sein." Brian schüttelt mit dem Kopf.

„Nicht wirklich. Komm, wandern wir halt noch ein Stück die Stadtmauer hoch."

Marco packt Brian dabei einmal kräftig auf dessen kleinen Knackarsch. Sicher hat der Schweizer unter der Jeans ebenso wenig einen Slip an wie er.

Zehn Minuten später stehen sie vor dem Eingang der Kathedrale von Ibiza Stadt. Daran geht es vorbei, den Festungsweg weiter.

Einige Abzweigungen folgen. Nischen, in denen alte Kanonen stehen.

„Hey, schau mal, cool." Brian rennt auf eine der Kanonen zu. Marco hinterher. Vor ihm der Knackarsch, an den er ran will.

Brian lehnt sich an die Kanone.

„Voll cool, was?“

„Die Aussicht ist auch nicht schlecht.“ Marco deutet mit dem rechten Zeigefinger in die Ferne. Unter ihnen liegt Figuretas im Mondlicht.

„Du bist echt süß“, schnappt Marco sich da Brian. Der lehnt sich auf die Kanone. Marco über ihn, küsst den Sweety.

Mit Lippen und Zunge spornt der Typ ihn an, ihn abzulutschen. Marco umklammert ihn mit den Beinen. Mit leichten Fickbewegungen presst er sich an Brian.

„Mehr, mehr. Lecker.“ Brian stützt sich an der Kanone ab. Marco fummelt in Brians Jeans und drückt dessen Kolben. Er ist genau so hart wie seiner.

„Du bist spitz, du kleine Ratte.“ Marco lacht und öffnet Brians Hosenknöpfe.

„Wart mal“, kramt Brian da in seiner Jeans.

„Poppers?“, lacht Marco.

„Magst du?“

„Immer.“ Er sieht sich um. Niemand zu sehen. Dann schnüffelt er an dem Fläschchen, bevor er Brians Jeans tiefer zieht und dem Kleinen einen Blowjob auf der Kanone verpasst.

Auch Brian macht das Poppers total scharf.

„Ja, Marco. So mag ich Kerle. Leckst du mir auch das Loch?“ Marco drückt ihm die Beine hoch. Nur zu gern tut er Brian den Gefallen und verwöhnt dessen Rosette mit der Zunge.

Mit dem Zeigefinger knackt er kurz drauf Brians Kiste. Gleichzeitig öffnet er seine eigenen Jeans.

„Hier?“, schaut Brian ihn an, als Marco sich ein Kondom aus der Hose zieht.

„Warum nicht?“

„Dann aber von hinten. Warte.“ Brian steht auf.

„Hm“, ist er da auch schon in der Hocke, um Marcos Kolben zu lutschen. Der lässt sich ebenfalls gern verwöhnen und schaut dabei auf die City runter.

„Leg dich drauf", will er dann mehr. Brian gehorcht und beugt sich über die Kanone. Sein Loch zuckt Marco entgegen. Und als Brian an Poppers schnüffelt, merkt er, wie Marco bereits tief in seinem Darm ist. Beide macht der Ort zusätzlich scharf. Jeden Moment kann wer um die Ecke kommen.

Darum gibt Marco Gas. Zudem Brians Arsch ihn einfach zum durchrammeln animiert.

Der Sweety jault und röchelt. Sein Body rutscht auf der Kanone wie wild hin und her. Immer wieder rubbelt sein Schwanz dabei gegen das kühle Metall. Brian ist happy.

Er mag es, mit Power und schnellen Stößen genommen zu werden. Marco besorgt es ihm dann auch so lange, bis Brian seinen Saft aus der Schwanzspitze auf die Kanone fließen sieht. Langsam, aber lang und in mehreren Portionen. Als auch Marco abspritzt, wird Brian noch einmal über die Kanone geschoben, wobei er sein eigenes Sperma auf dem Kriegsgerät verreibt. Erschöpft bleibt er dann liegen.

„Na, magst du die Kanonen immer noch?"

„Und wie? Du, das was echt scharf. Ich bin einfach drauf gekommen. Puh. Marco, hast du Tempos bei?"

In der Nacht bleibt Jochen bei Patrick im Hotel in Figuretas. Zweimal noch lässt er es sich dabei von seinem neuen Lover besorgen. Erst unter der Dusche, dann später im Bett.

Am nächsten Tag liegen sie dann mit Marco am Hotelpool in der Sonne. Wobei der bereits seit dem Frühstück einen neuen Favoriten hat.

Dazu einige Stunden zurück.

Marco sitzt beim Frühstück, als zwei braungebrannte Typen den Saal betreten. Der erste eher Typ Normalo. Der zweite aber ein echter Hingucker. Ein Blick wie Tom Cruise, durchfährt es Marco. Nicht nur der Blick, auch das Lächeln, die Haare. Dazu die braungebrannte Haut.

Als Marco an dem Typ runter schaut, bekommt er einen Ständer. Die Sau hat zu roten Turnschuhen und weißem Underwearhemd kurze, schwarze, glänzende Adidas Shorts an. Mit gelben Streifen und fast eine Nummer zu klein. Marco fährt eh voll ab auf die Teile aus den achtziger Jahren. Er hat grad die gleichen Shorts, nur in grün mit weißen Streifen, an. Seine Beule wird immer größer. So extrem, auch seine Shorts sind eine Nummer zu klein, dass er fünf Minuten wartet, eh er sich noch ein Baguette holt.

Dabei achtet er darauf, dass der Typ ihn und seine Shorts sehen kann. Betont lässig marschiert er dazu durch den Saal.

Und er hat Glück. Der Typ wird von seinem Begleiter auf ihn aufmerksam gemacht. Zufrieden setzt Marco sich wieder. Wenn der auch so auf die Shorts steht, werden sie sich sicher noch kennenlernen.

Am Pool sehen sie sich wieder. Und als beide ihre Shorts in Badehosen wechseln, haben sie den ersten Blickkontakt. Verbunden mit einem Lächeln.

Dann relaxen sie alle am Pool.

Später im Wasser schwimmt der Typ an Marco vorbei. So ein Blick müsste verboten werden, denkt der.

„Hallo." Marco stoppt seine Schwimmbewegungen.

„Hallo, Mr. Adidas." Beide lachen.

„Du magst die Dinger auch?"

Marco nickt. „Immer schon. Und dir stehen sie verboten gut."

„Na, bei dir kommen sie aber auch geil rüber."

Der Typ flirtet und baggert wie verrückt. Marco erfährt, dass er Andy heißt, mit seinem Lover da ist und beide aus dem Schwarzwald kommen.

Später trinken alle fünf an der Poolbar Sekt auf Eis. Danach geht es wieder auf die Liegen. Bis es Marco gegen 15 Uhr zu warm wird.

„Leute, ich bin mal im Zimmer. Bis nachher." Jochen und Patrick, beide immer noch Händchen haltend, sehen im schläfrig hinterher.

Marco streift sich seine grüne Adidas Shorts über, eh er sich davon macht.

Andy schaut begeistert rüber. Sein Lover schläft. Wie der Blitz steigt auch er wieder in seinen Adidas Shorts, um Marco zum Hoteleingang zu folgen.

„Hallo. Hast du genug Sonne gehabt?"

Überrascht dreht Marco sich um.

„Hey. Fürs erste ja. Und du?"

„Auch. Ich will kurz runter in die Stadt, Wasser holen."

„Gute Idee. Wenn du wartest, hol ich Geld und komm mit."

„Gerne. Wo ist euer Zimmer?"

„Dritter Stock. Du kannst auch gern kurz mitkommen."

Andy lächelt und schubst Marco Richtung Aufzug. Beide springen in das altmodische Teil.

Ihre Shorts berühren sich fast. Im Spiegel schauen sie sich an.

„Wir könnten fast Zwillinge sein", lacht Andy.

Beide sehen sich an. Marco wird fast schwindelig. So eine sexuelle Spannung hat er lange nicht erlebt. Er streichelt Andy über die Shorts.

„Diese Dinger ..."

„Und Du", vollendet Andy den Satz. Eh er Marco an sich zieht und mit beiden Händen über dessen Shorts fährt. Marco packt nun Andys Arsch, gleichzeitig küssen sie sich. Wie zwei Vulkane, die ausbrechen.

Stürmisch drücken sie sich aneinander. Ihre Hände sind überall. Vor allem aber auf und in den Shorts. Beide kneten sie sich die nassen Kolben und die Bäuche. Die Shirts verrutschen. Als der Aufzug stoppt, sind beide außer Atem.

Wortlos folgt Andy Marco aufs Zimmer. Ihre Berührungen sind Lava pur. Wie in Ekstase scheuern ihre Shorts aneinander.

Marco leckt Andy ab. Er geht vor ihm in die Hocke. Durch die Shorts beißt er sich an dessen Schwanz fest. Er schiebt die Adidas hoch und leckt Andys Eier. Dann dessen voll ausgefahrenen Kolben.

„Mensch, Marco. Klasse. Das ist Heaven."

„Dito, dreh dich mal." Marco schiebt ihm dann auch am Hintern die Hose zur Seite. Als er in Andys Loch züngelt, jault der immer lauter. Die Sache macht ihn heiß, wie lange nicht.

Marco geht es genau so. Viel zu selten erlebt er wirklich geile Typen in diesen Shorts.

Als sie wieder knutschen, bohrt sich Andys Kolben tief in Marcos Shorts.

Beide sind geladen wie Feuer und Lava. Auch Andy fährt, vor ihm hockend, über Marcos Shorts. Von unten zieht er dessen Kolben ans Freie. Und dann erlebt Marco den Blowjob seines Lebens. Mit Zunge und Zähnen bringt Andy, dabei wild wimmernd, ihn zur totalen Lust.

Marcos Gedanken setzen aus. So etwas hat er noch nie erlebt. Dazu die ganze Situation.

Er fühlt nur noch, dass er kurz davor ist, abzuspritzen. „Warte mal. Komm aufs Bett.“ Er stoppt Andy, dessen Zunge ihn um den Verstand bringt.

„Nein lass. Soviel Zeit haben wir nicht. Sonst glaubt mir mein Freund nie, das ich so lang beim Wasser holen war.“

Marco ist das egal. Aber um noch mehr Spaß zu haben, leckt er den Typ noch einmal ab. Und dass auch er was vom Blasen versteht, hat Andy ihm ja schon durch sein Jaulen bestätigt.

Und so verpasst er Andy noch eine Blasnummer, bei der auch Andy sich wie im Himmel fühlt. Voller Hingabe leckt und schleckt Marco über die Eichel.

„Lass mich noch mal, sonst bin ich soweit.“ Marco erhebt sich. Ihre Kolben klatschen aneinander. Beide haben die Shorts noch an und so folgt eine weitere Kuss- und Rubbelnummer.

Erst dann geht Andy wieder in die Knie. Er wichst nun wie wild seinen Hammer und gibt noch mal alles. Marco hebt beinahe ab bei der Blasnummer.

Blowjobs kennt er, seit er 16 ist, aber das hat er die letzten 12 Jahre noch nicht erlebt. Einen Typ, der ihn so scharf bläst, dass er meint, seine Eichel müsste platzen. Marco packt Andy am Kopf. Er wird gleich kommen.

Andy nickt zustimmend und wichst dann umso schneller seinen eigenen Jonny.

Und was sonst nicht so Marcos Ding ist, er explodiert in Andys Mund. Ein Mörderorgasmus, bei dem er das Gefühl hat, einen halben

Liter Sahne zu produzieren. Andy würgt und lässt Marco seinen Orgasmus bis zum letzten Tropfen auskosten.

Als der dann, total zitternd, noch voll erregt, runter schaut, sieht er, dass Andy eine ebenfalls extreme Menge Sperma auf den Boden und seine Turnschuhe spritzt.

Mit verschmiertem Mund sieht er dann zu ihm hoch.

„Du, das bleibt aber unter uns, ja?"

„Klar. Gebongt. Heaven, war das geil." Marco zittert immer noch.

„Warte, ich hol ein Handtuch."

Eine Stunde später liegen beide wieder brav am Pool. Nur jetzt vollkommen entspannt und ausgepowert.

Um fünf erwacht Jochen auf seiner Liege.

„Marco, wir wollen morgen zum Strand raus. Kommst du mit?"

„Geile Idee. Wenn ihr danach noch was anderes vorhabt, kann ich zurück auch mit dem Bus. Hast du übrigens schon was aus Köln gehört?"

„Von Dennis? Du meinst, ob die Wohnung noch steht?"

Beide lachen. So laut, dass auch Patrick erwacht und Jochen verliebt ansieht.

Abends geht es dann erst einmal eine Etage tiefer zum Schnitzel Essen ins Hotel Marigna.

Dort, auf der Terrasse, erwischen die drei den letzten freien Tisch in einer Ecke.

Die Teller werden voll beladen und das große Fressen beginnt. Jochen und Patrick halten weiter Händchen und haben nur Augen für einander.

Marco aber fällt beim Nachschub holen auf, dass ein Typ am Nachbartisch ihn beobachtet.

Überrascht stellt er dann bei der Rückkehr vom Buffett fest, wie sich seine Freunde mit den drei Jungs vom Nachbartisch unterhalten.

Und eh er sich versieht, sitzen sie zu sechst an den zusammen geschobenen Tischen. So schnell kann das gehen auf Ibiza.

Der Typ, der ihn schon den halben Abend beobachtet hat, sitzt auch prompt neben ihm.

„Ich mag behaarte Beine“, lacht er Marco zu.

„Na, da hab ich ja Glück. Und du auch, dass ich noch Shorts anhabe.“

„Ja, lecker.“

Der Typ stellt sich als Frank aus Berlin vor und fährt Marco beim weiteren Essen fast pausenlos über die Oberschenkel.

Selber ist er total unbehaart und Marco glaubt, unter der weiten bunten Shorts eine dicke Latte erkennen zu können. Da er Marco nicht unsympathisch ist, startet der noch beim Essen einen Flirt. Welcher damit endet, dass Frank ihm um 22 Uhr sein Zimmer zeigen will.

„Komm mit hoch, du wirst sehen, schöner wie eure.“

Vorlage ist eine Diskussion am Tisch über die diversen Hotelzimmer auf der Insel gewesen.

„Okay, dann hab ich es mal gesehen.“ Marco steht auf.

„Wir haben sogar Fernsehen“, schaut Frank ihm auf die Beine.

„Und eine Dachterrasse.“

Stolz führt er Marco durch den Hoteleingang in den zweiten Stock.

„Echt nett“, sieht Marco sich dann im Zimmer um. Nur das Chaos im Raum gefällt ihm nicht. Überall liegen Klamotten und sonstiger Kram rum.

„Find dich auch nett. Und ich fahr voll auf deine Beine ab.“ Wieder streichelt Frank ihm da über die Schenkel.

„Die haben es dir wohl angetan. Aber nachher zieh ich eine lange Hose an. Hoffentlich gefall ich dir dann auch noch.“

„Bleib ruhig so.“ Frank fährt nun mit den Fingern auch in den Innenslip von Marcos Shorts.

„Wenn ich die ausziehe, hast du noch mehr zum spielen”, drückt Marco seine Beule nun an Franks Oberschenkel. Gleichzeitig langt er Frank an die ebenfalls mächtige Beule.

„Hm, auch hart.“ Er packt Frank, küsst ihn und drückt seine

Hand auf dessen Arsch.

Beim Küssen zieht er die Shorts runter und streichelt über den blanken Arsch.

„Hast du ein Gummi?" Marco knetet die Schlampe bereits fickreif.

„Warte kurz." Frank stürzt förmlich ins Bad. Mit Gleitcreme und Kondom kommt er zurück.

Nur Sekunden später beugt er sich über das Bettgestell. Marco setzt zwei, dreimal an, eh er den Druck des Schließmuskels überwindet.

„Jetzt aber." Endlich kann er loslegen.

„Grrr." Frank brummt Zustimmung.

Und Marco bockt ihn auf, knallt ihn durch, wird schneller und rotzt ab.

„Uah, ja. Später gern mehr."

„Machst du. Komm, wenn nicht …"

„Zu spät. Ich bin grad gekommen. Es war geil, wenn auch kurz. Wie weit bist du?"

Frank knurrt, als Marco seinen schlaffen Kolben aus ihm raus zieht.

„Du, ich brauch es schon länger."

„Später gern. Nimm es als Vorspiel. Wir müssen auch runter."

„Wenn die was sagen, hab ich dir das ganze Haus gezeigt. Und lass bloß die Shorts heut Nacht an."

„Für dich sofort. Aber beim nächsten Fick heut Nacht zieh ich die aus." Marco folgt dem Berliner wieder zurück zu den anderen.

Am nächsten Vormittag fahren Marco, Jochen und Patrick mit dem Cabriolet zum Strand. Am berühmten Chiringgay lassen sie sich auf drei Liegen nieder. Wobei Jochen eher halb auf Patrick und dessen Liege schlummert.

Marco wirft einen Blick auf die halb steifen Kolben in den engen Badehosen, ehe auch er die Augen schließt.

Die Nacht mit dem Typ aus Berlin war heftig genug gewesen.

Patrick und Jochen aber knutschen mit Dauerständer fast zwei Stunden auf der Liege rum.

Auch beim Schwimmen im Meer können sie ihre Pfoten nicht voneinander lassen. Patrick reitet dabei bereits ein wenig auf Jochen. Sein ausgefahrenes Teil rubbelt seinem Lover dabei über den Rücken.

„Du, ich könnte dich hier so vernaschen", flüstert er Jochen ins Ohr.

„Na, das kann ich fühlen. Schatz, ich dich auch. Fahren wir zum Hotel?"

„Quatsch. Hier gibt es genug Sträucher hinter dem Strand. Kilometer lang."

Jochen ist zu geil, um weiter nachzudenken. Mit noch steifen Latten verlassen beide das Wasser, um sich kurz abzutrocknen. Sie ziehen ihre Turnschuhe an, Patrick schnappt sich ein Gummi und dann sind sie auch schon auf dem Weg in das mit vielen Sträuchern versehene Gelände hinter dem Strandabschnitt.

Auf einer sandigen Fläche, weit weg vom Strand, lässt Patrick sein Badelaken fallen.

„Ich kann es kaum noch erwarten. Du machst mich echt an." Patrick reckt sich.

„Hier?", sieht Jochen sich um.

Die Fläche ist ziemlich gut einsehbar.

„Dich lieb ich überall", umarmt ihn Patrick da auch schon. Jochens Schwanz in der roten Badehose wird hart, als Patrick ihn krault und die Umgebung ist vergessen.

Als Patrick kurz darauf im knien den Kolben seines Lovers lutscht, schaut Jochen sich aber wieder um.

Und nur fünf Meter weiter neben einem Busch erblickt er einen Glatzkopf in roten Shorts. Der Kerl hat beide Hände wichsend in seinen Shorts versenkt.

„Du, da ist wer und sieht uns zu." Jochen raunt es fast unhörbar zu Patrick runter.

„Na und? Jeder kann sehen, wie scharf du mich machst." Damit zieht er Jochen zu sich runter auf das Badetuch.

Wild knutschend fallen die zwei übereinander her. Den Kerl vergessend, bläst Jochen seinem Lover dann den Riemen. Als er ihm die Badehose auszieht, sieht er sich noch mal um.

Ihr Zuschauer hat seine Shorts nach unten gezogen und wichst einen mindestens XL großen Bolzen.

Auf der anderen Seite stehen außerdem zwei blonde Typen um die 20, die ihnen ebenfalls zusehen. Patrick aber scheint das nicht zu stören.

„Hey, darf ich auf dir reiten?“ Fragend sieht er Jochen an.

Der nickt und Patrick dreht ihn auf den Rücken. Er zieht Jochens Badehose runter, schaut zu den drei Zuschauern rüber und, als wenn ihn das noch schärfer machen würde, beginnt, Jochens Lümmel geschickt so hart wie möglich zu blasen.

„Jetzt aber“, streift er ihm dann ein Kondom über den Kolben. Jochen ist nun eh alles egal. Er sieht zu, wie Patrick sich auf ihn setzt, sich nagelt und aufspießt.

„Schatz, ja. Schieb ihn mir rein. Mach es mir.“ Patrick stöhnt immer lauter. So geil hat Jochen ihn noch nicht erlebt. Als der dann auch noch seinen Harten wichst, stören ihn die drei Zuschauer längst nicht mehr.

Wobei alle drei wie gebannt dem Fick zuschauen. Erst als der Glatzkopf abrotzt, dreht Patrick voll auf.

Wild wichsend schleudert er Jochen eine geballte Ladung Sperma auf die Brust.

„Du kommst? Geil. Wart ich auch. Sofort.“ Jochen explodiert. So geil, dass auch die beiden verbliebenen Zuschauer abspritzen und wieder verschwinden. Patrick aber lacht.

„Du machst mich echt happy. Und den dreien hat es auch gefallen.“

Abends geht es dann in die Altstadt. In den Gassen setzen sich die drei vor einer schwulen Kneipe an einen Tisch.

„Später gehen wir in die Anfora, ja?“ Jochen schaut Marco und seinen Lover an. Beide nicken. Wobei Marco am Nachbartisch einen

Kerl mit fast kahlgeschorenen Haaren betrachtet. Sicher eine Nummer zu dick, droht ihm das Underwearhemd und die Hose fast zu platzen. Marco fixiert ihn. Der Kerl ist sicher nicht älter als 30 und seine Lederhose macht Marco zusätzlich geil.

Als er nach zwei Bier zur Toilette geht, folgt der Kerl ihm.

Beide stehen dann nebeneinander an der Pissrinne. Und Marco gefällt der Kolben seines Nachbarn.

„Hallo." Er schaut zu Marco rüber.

Beide beginnen sie, ihre Kolben hart zu wichsen. Bis der Typ auf Marco zugeht. Ein Griff, dann hat er Marcos Teil in der Hand. Der erwidert und drückt den Kerl an sich.

Marcos Jeans rutscht. Die Lederhose reibt gegen seine braungebrannten Beine. Beide umklammern sich mit den Händen, eh sie sich mit den Zungen ablecken.

„Geiles Stück", lacht Marco, eh er dem Typ im Toilettenraum einen bläst. Dass jeden Augenblick jemand reinkommen könnte, stört ihn nicht.

Den Typ wohl auch nicht, denn er stöhnt immer lauter. Marco wird rattenscharf.

„Jetzt du", erhebt er sich dann.

„Sofort", sagt der Kerl in der Lederhose und hängt da auch schon an Marcos Kolben. Er bläst so hart, das Marco ihn bremsen muss. Bis beide wieder knutschen und sich die Kolben wichsen. Dann explodiert Marco. Seine Soße spritzt genau auf die Lederhose seines Gegenübers, der nun auf die Kacheln hinter ihnen abrotzt.

„Gut, dass die abwaschbar ist", lacht er dann, als er nach Tüchern greift.

„Netter Quicky. Bis später mal." Marco klopft ihm noch kurz auf die Schultern, eh er wieder zu den anderen eilt.

Obwohl er überhaupt nicht so lang weg war, schaut Jochen den WG Kumpel wissend an, als der zurückkommt.

„War es schön?"

„Erleichternd." Marco sieht ihn an. Beide wissen, was sie meinen.

„Wir können dann hoch in die Anfora, wenn ihr mögt."

Beide mögen und tanzen schon bald darauf eng umschlungen auf der nur halbvollen Tanzfläche.

Ein echt geiles Paar, denkt Marco, der ihnen von der Theke aus zuschaut. Zudem beide in engen weißen und schwarzen Klamotten ihre Bodies noch betonen.

Als sich die Tanzfläche eine halbe Stunde später weiter gefüllt hat, entledigen sich Jochen und Patrick ihrer Shirts. Mit nacktem Oberkörper reiben sie ihre Bäuche dabei wild aneinander.

„Du machst mich schon wieder irre scharf“, leckt Patrick seinem Lover dazu mehrfach über die braungebrannte Brust.

„Du mich aber auch.“ Jochen schmiegt sich an ihn.

„Das spür ich sogar.“ Patrick wandert mit seiner linken Hand in Jochens Hose und drückt seinen Harten. So provozierend, dass es mehr als nur ein Zuschauer mitbekommen muss.

„Wenn du so weiter machst ...“, stöhnt Jochen.

„Ich mach noch viel mehr. Komm mit.“ Patrick zieht seinen Lover Richtung Darkroom.

Dort im Halbdunkel zieht er ihm die weiße Hose bis zu den Knien runter. Und für den halben Raum gut sichtbar, leckt Patrick Jochen die Zuckerstange. Der wird so geil, dass er alles um sich vergisst. Und als Patrick ihm dann auch noch das Loch mit spitzer Zunge bearbeitet, ist ihm eh alles egal.

Als Marco kurz darauf einen Blick in den Darkroom wirft, ist Patrick grad dabei, Jochen vor einem Dutzend Zuschauern durchzuknallen.

Na die scheinen es ja nötig zu haben, denkt Marco. Wobei ihn der Anblick ebenfalls wieder scharf macht. Zudem Patricks unbehaarter Hintern beim vögeln gut sichtbar wird.

Am Tag vor der Abreise ist noch einmal relaxen angesagt. Sprich ein fauler Tag am Pool. Wobei Patrick sich auch hier einen Spaß daraus macht, Jochen mehrfach vor Publikum abzulecken.

Marco dagegen hat einen Latino Typen in weißen Badehosen erspäht. Der Typ reckt sich mehrfach in seiner Badehose, eh er sich lange unter die Dusche am Pool stellt.

Unter dem Wasserstrahl wird seine Badehose fast durchsichtig. Marco erwischt sich dabei, wie er bewundernd auf das mächtige Schwanzpaket starrt. Als der Kerl Marcos Blick sieht, reibt er sich provozierend über seinen Kolben.

Umständlich trocknet er sich danach ab, eh er sich auf einer Liege, zwei Meter von den Jungs entfernt, niederlässt.

Marco kann deutlich erkennen, dass der Latino einen Ständer hat und die Eichel oberhalb der Badehose im Freien liegt.

Auch Marco reibt sich nun über sein Rohr.

Beide in ihren weißen Badehosen geilen sich am Anblick des anderen auf. Bis Marco pinkeln muss und in der Toilette verschwindet. Der Latino folgt ihm. Dann steht er wie der Blitz am Waschbecken hinter Marco.

Dort drückt er seinen XXL Bolzen voll zwischen Marcos Backen.

„Hammer", dreht der sich. Seine Beule wächst und der Typ drückt ihn nach unten. Fast ohne es zu wollen, hat Marco da den Prachtprügel auch schon im Hals. Das Teil ist größer, als alles, was er mit seinen bald 30 Jahren schon gesehen oder vertragen hat. Zu groß auch zum blasen. Marco zieht seinen Kopf zurück. Er würgt und muss husten.

Der Mörderhammer schlägt ihm ins Gesicht. Hektisch leckt Marco darüber. Der Latino stöhnt dabei immer lauter.

„Ich glaub, wir gehen besser auf ein Zimmer.“ Marco erhebt sich. Er ist nun voll rattig auf diesen Kerl.

„Besser. Yes.“ Der Latino nickt. Beide ziehen ihre Badehose hoch.

„Bist du Deutscher?“

„No, Malteser. Ich spreche aber deutsch. Gero.“

„Marco.“

Beide ziehen ihre weißen Badehosen hoch. Marco klopft Gero auf den Arsch. Der Kolben droht den dünnen Stoff zu sprengen.

Malteser, denkt er dabei. Den Länderpunkt hat er noch nicht.

Dann wandern sie auch schon durch den Seiteneingang zu den Studios.

Gero öffnet eine Tür und fällt dann im Zimmer wie ein Vampir über Marco her.

Was Marco nur recht ist. Wie wild toben sie über das Bett. Wobei ihre Badehosen bereits nach Sekunden auf dem Boden landen.

Als Gero dann Marcos Kolben bearbeitet, schnappt der sich ein Poppersfläschchen, das auf dem Nachttisch liegt. Genauer liegen dort sogar drei.

Nachdem auch Gero daran geschnüffelt hat, wirft er Marco auf den Bauch, um ihm das Loch zu lecken. Dann springt er mit seinem ganzen Körper auf sein Opfer. Mit Fickbewegungen drückt er ihn auf das Bett.

Marco ist zwar voll scharf, aber der Kolben macht ihm Angst. Entschlossen drückt er Gero von sich weg, um sich dann wieder an dessen Eichel zu laben.

Nach einer weiteren Portion Poppers lutschen sie in der 69ger Stellung ihre Kolben. Wobei Marco nun auch in Geros frisch rasiertem Loch bohrt.

„Ich mag ficken.“ Gero flüstert beinahe. Beide lassen voneinander ab.

„Das glaub ich dir gern. Aber du, der ist mir echt zwei Nummern zu groß.“ Marco wichst Geros Kolben dabei mit beiden Händen.

„Dann fick du mich.“

Marco grinst.

Nichts lieber als das, denkt er. Neben den Poppersfläschchen hat er eh schon alle erforderlichen Utensilien erspäht.

Geros Zimmer scheint die reinste Fickhöhle zu sein.

Nur kurz denkt Marco daran, wie die letzten Nächte in Geros Zimmer sicher ausgesehen haben.

„Hey, was ist?“ Gero stößt ihn an.

Er hat sich auf den Rücken gelegt und streckt Marco mit gespreizten Beinen sein blank rasiertes, zuckendes Loch entgegen.

Der Monsterhammer ragt dazu steil in die Höhe.

„Okay.“ Marco setzt seinen dagegen klein wirkenden Kolben an Geros Loch an.

Und erst als sein Schwanz in Geros Kiste verschwunden ist, fällt ihm ein, dass er Gleitgel vergessen hat.

Gero scheint das egal zu sein. Nur zu gern nimmt er Marcos Bolzen in sich auf. Und zufrieden stellt er fest, dass sein Hengst etwas vom Ficken versteht.

Beide rutschen beim Sex quer über das Bett. Mehrfach rutscht Marcos Dicker ans Freie, um dann erneut in die Rosette gebohrt zu werden.

Gero wichst dazu mit beiden Händen seinen Hammer. Marcos Ausdauer macht ihn heiß.

„Hey, wie lang noch? Ich halt das nicht mehr aus."

„Okay, dann zusammen." Marco zieht seinen Kolben aus Geros Kiste. Das Kondom wirft er neben das Bett. Er springt auf und wichst sich, über Gero stehend, den Schwanz.

Mit einigen weiteren Handgriffen holt er sich dann die Soße aus den Eiern. Seine Sahne spritzt genau auf Geros Hammer, der stark zuckend ebenfalls soweit ist.

Nach der Beseitigung ihrer Spuren, fallen beide erschöpft auf ihren Liegen nieder. Wobei Gero noch einen Platzwechsel vornimmt.

So kann er Marco beim sonnen mit der rechten Hand über den Rücken streicheln.

Als Patrick später mit Jochen in den Pool springt, stürzen sie hinterher.

Patrick zieht Jochen an den Rand, wo beide eng umschlungen stehen. Marco schwimmt auf sie zu, um Gero vorzustellen.

Der presst nun seinerseits Marco ebenfalls an den Poolrand, um ihn dort gleichfalls zu umarmen und zu küssen.

„Dann ist der Abend ja gerettet", lacht Patrick, und dabei schaut er auf das neue Paar.

Marco lacht. „Und die Nacht sicher auch. Ihr seig ja eh beschäftigt."

„Nicht mehr wie ihr. Aber geil hier, was?" Patricks voyeuristische Ader zeigt sich erneut. Er fällt im Pool regelrecht über seinen Lover her, um ihn spitz zu machen.

Was dann auch Gero so anmacht, dass er über Marco herfällt und ihm seinen Monsterriemen zwischen die Schenkel drückt.

Dann setzt er sich so provozierend an den Poolrand, dass alle sehen können, wie mächtig die Ausbuchtung in seiner Badehose ist. Lässig streichelt er noch darüber.

Als er Patricks Blick registriert, lässt er kurz seine Eichel ans Freie.

Patrick kann seinen Blick überhaupt nicht mehr von ihm los reißen. Voll aufgegeilt drückt er Jochen an sich, und knetet dessen Kolben, nur knapp unter der Wasseroberfläche.

Zu gern würde er diesen Gero einmal in Aktion sehen.

Doch der springt nun ins Wasser, um dort mit Marco weiter zu knutschen.

Später, beim gemeinsamen Abendessen im Hafen von Ibiza-Stadt, hat Patrick immer noch Geros Hammer im Kopf.

Gero steckt nun in ausgefransten Jeans und Patrick fragt sich, ob der Typ wohl noch etwas drunter trägt, um das Teil zu bändigen.

Und ob er wohl Marco damit vögelt?

Nach einem Streifzug durch die Altstadt und einem Drink an der Poolbar, landen sie zu viert im Studio von Marco und Jochen.

Hier wollen sie noch einen letzten Sekt zusammen trinken. Da Marco bei Gero pennen kann, steht das Bett für Patrick und Jochen allein zur Verfügung.

„Prost, auf den Urlaub.“ Marco reicht die Gläser rund.

„Ja, das war echt eine geile Zeit.“ Patrick nickt.

„Das ist sie noch, bis morgen früh”, nimmt Gero seinen Stecher in den Arm.

Patrick macht es ihm mit Jochen nach.

Knutschen ist angesagt.

Und dann ist Stille im Raum.

Bis sie alle aufs Bett fallen, um dort weiter zu küssen.

Patrick schielt dabei mehrfach zu den beiden anderen rüber. Aber auch Marco hat das zweite Pärchen im Blick. Eigentlich müsste er nun mit Gero rüber gehen. Doch der knutscht grad so geil, dass Marcos Gedanken rasch abgelenkt sind.

Erst recht, als Gero ihm das Shirt hochzieht, und seine Brustwarzen mit den Zähnen bearbeitet.

Patrick beschließt bei dem Anblick aufs Ganze zu gehen. Mit zwei geschickten Griffen öffnet er Jochens Gürtel und die Knöpfe an dessen Jeans. Gleichzeitig streichelt er ihn, um dabei seinen Slip zur Seite zu ziehen. Prall springt ihm Jochens Kolben entgegen.

Patrick beugt sich vor, um über den Luststab seines Lovers zu lecken. Wieder schielt er dabei zu den anderen rüber. Die rutschen quer über das Bett und haben sich ihrer T-Shirts entledigt.

Was soll es, denkt Marco, als er auf Gero hockt, und ihm die Hose runter zieht. Dann soll Patrick eben sehen, wie er es mit Gero treibt.

Und der sieht beim Blasen zu, wie auch Marco Geros bestes Stück mit der Zunge verwöhnt. Der Anblick macht ihn so scharf, dass er kurz aufspringt und sich ganz auszieht.

Nackt will er Jochen weiter verwöhnen.

Da schnappt der, auf dem Bett liegend, nach Patricks Schwanz. Patrick stellt sich vor das Bett. Den Blick auf die anderen gerichtet, lässt er Jochen an seinem Dicken lutschen.

„Was ist?“ Marco schaut rüber.

„Jochen hat sicher gern noch mehr von dir.“

„Und ihr?“ Patrick kann kaum den Blick von Geros Riesen wenden.

„Wir machen weiter, wenn es euch nicht stört.“

„Im Gegenteil.“ Patrick ist happy.

Es mit Jochen zu treiben und dabei die anderen beim ficken zu sehen. Für ihn kann es fast nichts geileres mehr geben. Und Jochen scheint es eh nicht zu stören. Er grinst nur rüber.

„Marco, besorge es ihm. Schatz, und du mir.“

Marco und Patrick blicken sich an. Beide haben Kondome dabei. Außerdem ihre Stuten rasch ausgezogen und mit Gleitcreme gefügig gemacht.

Fast gleichzeitig setzen sie an und als alle Vier aufstöhnen, zählt für jeden nur noch der Fick mit seinem Partner.

Zudem jeder Blick rüber auf das andere Paar noch geiler macht.

Patrick schlägt seinen Dicken bei Jochen ein und merkt, wie weit er schon ist. Zuschauer machen ihn immer extrem geil.

Erst recht, wenn die es gleichzeitig miteinander machen und so geile Schwänze haben wie dieser Gero.

Der wichst grade seinen XXL Bolzen, während Marco auf ihm wie besessen ackert. Dass Patrick ihm zuschaut, feuert auch ihn zusätzlich an.

Als bei den Hengsten der Saft steigt, werden beide noch schneller.

Patrick kommt als erster. So heftig, dass auch Jochen explodiert.

Als dann Gero seine Sahne zu ihnen rüber schleudert, wird auch Marco von einem irren Orgasmus durchgeschüttelt.

Danach krault er sich an seinem Opfer fest.

„Puh, so was brauch ich öfter. Habt ihr genug Platz auch auf einem Bett?“ Jochen nickt.

„Dann bleiben wir hier.“

„Macht das. Meinen Schatz will ich heut Nacht eh noch mal ganz eng bei mir haben. Bleibt ruhig hier. Macht nur einer das Licht aus.“

Am nächsten Morgen ist Abschied angesagt.

Zwischen Marco und Gero recht easy. Bei Patrick und Jochen voller Wehmut.

Als die WG-Partner im Flieger über den Alpen sind, versucht Marco Jochen zu trösten.

„Hey, ihr seht euch doch bald wieder. Und du als Flugbegleiter kannst doch eh häufig nach Hamburg, oder dahin, wo Patrick grad dreht.“

„Hm. Jetzt ist er aber erst noch auf Ibiza. 1000 Jungs um ihn und dein Gero ist auch noch da.“

„Gero?“

„Ja. Meinst du, ich hätte nicht mitbekommen, mit welchen Stielaugen Patrick euch heute Nacht beobachtet hat?“

„Du meinst?“

„Ja, die können nun noch drei Tage weiter vögeln und uns vergessen.“

„Männer halt. Aber das glaub ich nicht. Du, dein Patrick hat eher eine etwas voyeuristische Ader. Aber ich denke, er ist dir treu.“

„Ich hoff es. Ändern kann ich es eh nicht.“ Jochen schluckt.

Marco sieht raus auf die Wolkendecke unter ihnen.

Beziehungen sind auch nicht immer einfach, denkt er dabei. Und trotzdem wäre es schön, wenn er auch mal jemand für mehr als ein, zwei geile Nächte finden würde.

Studentenjobs

Dennis genießt die Tage allein in der Wohnung in vollen Zügen. Endlich kann er die Musik lauter einstellen, seine Sachen überall verteilen und seinen Mitstudenten die geile Wohnung vorführen.

Freitagabend trifft er Simon, seinen Mitstudenten, in der X-Bar. Wobei der ihn dann nach Mitternacht mit ins Heroes gleich am Rudolfplatz schleppt. Dort stehen beide dann an der Theke und schauen auf die Tanzfläche.

„Ich find es hier besser als immer nur Corner. Oder, was meinst du?“ Simon ordert dabei zwei Kölsch.

Dennis schaut sich die Jungen an. Und er gibt Simon recht.

Das Durchschnittsalter liegt bei maximal 30. Alle Typen zeigen viel nackte Haut und sind extrem gut drauf.

„Hey, bis du schon müde?“ Simon holt ihn aus seinen Gedanken. „Dann hab ich was für dich.“ Er kramt in seinen Jeans.

Doch Dennis schüttelt den Kopf. „Ich nehme keine Drogen.“

Simon lacht. „Ich auch nicht. Du, ich hab Koffeintabletten dabei. Besser als Cola. Du wirst sehen, die machen dich wieder fit.“ Er drückt Dennis eine Pille in die Hand.

Der zögert, zischt sie dann aber doch mit einem weiteren Kölsch weg. Und Simon hat recht. Kurz darauf ist er wieder top fit.

Gemeinsam mit Simon tanzt er dann ab. Wobei er nicht nur wach bleibt, nein, auch seine Geilheit nimmt zu. Zudem das Publikum mega scharf ist.

Ein dunkel blonder Typ mit nacktem Oberkörper fällt ihm besonders auf. Dennis macht sich noch auf der Tanzfläche an ihn ran.

Sicher auch Student, bekommt er da endlich Blickkontakt. Ob die Haare von dem Sahnestück wohl gefärbt sind? Egal, Hauptsache der Body ist echt.

„Hi", zischt der Typ rüber.

„Hallo", lächelt Dennis und schmiegt sich spontan an sein Opfer. Der packt auch prompt zu.

Überrascht von der Anmache steckt Dennis ihm die Zunge tief in den Hals. Der Typ ziert sich nicht. Im Gegenteil. Ohne Hemmungen lässt er seine rechte Hand in Dennis' Jeans verschwinden. Nun gibt es für Dennis kein Halten mehr. Energisch langt er nach der Beule, die sich schon längst an seiner eigenen Ausbuchtung reibt.

Das Teil ist so viel versprechend, dass er dem Typ zuflüstert, „Du, ich hätte Lust auf dich. Sollen wir zu mir?"

„Lust hab ich auch. Aber bis zu mir wird näher sein. Gehen wir."

Draußen erfährt Dennis, dass sein Date Kay heißt und in der Richard-Wagner Straße, gleich um die Ecke, wohnt.

Kaum in Kays Wohnung, fallen beide extrem geil übereinander her. Binnen Sekunden landen ihre Klamotten auf dem Boden.

Nackt, in der 69ger Stellung, bearbeiten sie ihre voll ausgefahrenen Schwänze. Kay ist leicht behaart und Dennis kommt in den Sinn, dass er seine Haare in der Tat blond gefärbt hat.

Dann macht der Typ ihn auch schon so scharf, dass er eh nur noch ficken will. Zudem Kays Kaliber ihm außerordentlich gefällt.

„Bist du aktiv?" Dennis schnappt nach Luft.

„Auch. Willst du ficken?"

„Was sonst? In Ordnung?"

„Klar. Wie hättest du es denn gern?" Kay krabbelt zur Nachttischschublade. Dennis spreizt seine Beine. Einladend serviert er seinem Stecher das frisch rasierte Loch.

Kay wichst sich voll Vorfreude den Schwanz wieder hart. Geschickt hantiert er kurz mit Kondom und Gleitgel, eh er seinen Dicken zwischen Dennis' Arschbacken verschwinden lässt.

Der quiekt voll auf.

„Geil. Scharfes Teil."

„Das gefällt dir, was? Dann los." Kay beginnt ihn zu vögeln und Dennis wichst dazu auch sein Teil wieder hart.

Ihr Fick geilt beide voll auf und noch vor seinem Stecher spritzt Dennis sich die Soße auf den Bauch.

„Geil", stößt Kay noch einmal zu. Dann zieht er seinen Harten aus Dennis' Loch. Mit festen, schnellen Wichsbewegungen sorgt er dafür, dass seine Sahne zu der auf Dennis' Bauch klatscht.

„Zewa steht neben dem Bett", fällt er nach ihrem Abgang erschöpft neben Dennis aufs Bett.

„Wenn es recht ist, verschwinde ich kurz ins Bad."

„Okay. Vorne links."

Dennis springt au. Bei der Rückkehr fällt ihm auf, wie luxuriös Kays Appartement eingerichtet ist.

Die Möbel, der Fernseher und auch seine Klamotten. Dennis kuschelt sich an Kay.

„Bist du auch Student?"

„Ja. Jura. Du auch?"

Student mit Geld, denkt Dennis noch, dann ist er auch schon eingeschlafen.

Das Frühstück am nächsten Morgen gibt es auf dem Balkon. Nackt sitzen sich die beiden gegenüber und quatschen übers Studium.

„Ich such grad noch nach einem Nebenjob", beißt Dennis ins Brötchen.

„Ach, was schwebt dir denn vor?"

„Viel Geld und wenig Arbeit." Dennis lacht.

Auch Kay grinst. „Na, da gibt es sicher Möglichkeiten."

„Und du? Hast du reiche Eltern oder mehrere Nebenjobs?"

Kay schaut ihn an. „Eigentlich nur einen. Das wäre vielleicht auch was für dich."

„Echt? Spuck schon aus. Was machst du?"

„Okay. Aber das bleibt bitte unter uns, ja?"

„Raubst du Banken aus, oder was?" Dennis ist neugierig geworden.

„Nicht ganz. Nein, ich arbeite als Callboy."

„Du machst was?"

„Ich bin nebenbei Callboy. Ich mach es für Geld mit Typen, die nicht so geil sind wie du."

„Brrrr." Dennis schüttelt sich. In Gedanken sieht er 60jährige Männer mit dicken Bäuchen auf Kay rum reiten.

Kay sieht ihm an, was Dennis grad denkt.

„Du, so schlimm ist das nicht. Und ich such mir meine Kunden selber aus. Die meisten sind unter 50. Oft noch viel jünger. Häufig echt geile Teile, die nur keine Zeit oder Lust haben, in der Disco was aufzureißen."

„Aha, und wie läuft das so?"

„Komm mal mit. Ich zeig es dir."

Er führt Dennis zum PC. Auf Gayromeo zeigt er ihm seine Anzeige mit dem Profil.

Als Dennis 100 Euro liest, wird er wach. Die beiden quatschen noch eine ganze Stunde über Kays Erfahrungen und seine Einkommensquelle.

„Du bist echt süß", grinst Kay schließlich. „So naiv wie du bist. Zuckersüß." Damit steht er auf, schnappt sich den Honigtopf und träufelt Dennis davon einige Tropfen auf die Brustwarzen, in den Bauchnabel und auch auf die Eichel.

„Hey, was soll das?" Dennis rutscht zurück.

„Zum ablecken süß." Kay beugt sich vor, um Dennis mit der Zunge den Honig von der linken Brustwarze zu lecken. Dabei kommt Leben in seinen Schwanz und auch Dennis' Kolben reckt sich nach oben. Der Honig verteilt sich dabei auf seinen Sack und zwischen seinen Schenkeln.

„Hm, lecker", brummt Kay, als er nun tiefer, Dennis den Honig auch aus dem Bauchnabel leckt und ihm dann auch den Kolben abschleckt.

Auch Dennis schnurrt, als er Kays Zunge auf seiner Eichel spürt.

„Voll geil, das hab ich noch nie gemacht. Jetzt ich."

„Dann drinnen", steht Kay auf.

Dennis schnappt sich die Erdbeermarmelade und folgt seinem neuen Kumpel aufs Bett. Mit dem Löffel schmiert er dort dessen Kolben ein.

„Ich liebe Erdbeermarmelade", nutzt er nun seine Zunge.

„Grrr, und ich geile Bläser wie dich."

Kay streckt alle viere von sich und schließt die Augen. Dennis kaut auf seinem Kolben rum, so dass ihm ganz anders wird.

„Bor, zu geil. Lass mich auch noch mal." Und schon schmiert er Dennis den Luststab noch einmal ein. Beim Ablecken wird der dann richtig fickrig.

„Du, der ist grad schön hart. Da ist jetzt aber ein Ritt fällig."

„Revanche für heute Nacht? Setz dich drauf."

Dennis reibt seinen Kolben noch ein wenig, um ihn wieder ganz hart zu bekommen. Dann leckt Kay ihm die letzten Marmeladenreste vom Sack, eh er ihn besteigt.

Er grinst Dennis an, als er dessen Harten in sich aufnimmt.

„Immer wieder geil. Kleiner, zeig mal, was du drauf hast. Beweg dich."

Dennis tut ihm den Gefallen. Da er morgens eh immer besonders rattig ist, powert er los, ohne nachzudenken.

Geschickt steuert Kay dagegen, so dass für beide ein irre geiles Feeling entsteht.

„Wie weit bist du?" Dennis wichst sich nun mit einer Hand die Latte.

„Gleich. Wenn du so weiter machst. Du?"

„Auch ... Jetzt."

Kay rotzt seine Sahne zwischen Dennis' Brustwarzen. Der dagegen explodiert in seinem neuen Schwarm.

Schwarm? Als Dennis später daheim ist, überlegt er, wie er Kay findet. Und was er von dessen Nebenjob halten soll. Als er sich die beiden Profile seines One-Night-Stands der vergangenen Nacht auf Gayromeo ansieht, wird er sofort wieder spitz.

Die Fotos machen echt an, denkt er. Auf dem Callboyprofil ist Kay in Radlershorts, knappen XTG Slips und nackt zu sehen.

Wer würde da nicht scharf? Aber ob er damit geile Kerle anzieht? Schade, dass grad keiner aus der WG da ist. Die könnten ihm sicher mehr zu dem Thema käufliche Liebe sagen.

Er schickt Kay eine Message, eh er nach anderen, weniger heiklen Studentenjobs sieht.

Was er da so findet, ist höchst unterschiedlich. Der WDR sucht Kabelträger, die Fordwerke Aushilfen und Aldi Teilzeitkräfte.

Dennis schaut sich erneut Kays Profil an. Oder doch irgendeinem Kerl für 50 oder 100 Euro die Kiste hinhalten?

Hinhalten. Zumindest rattig wird er bei dem Gedanken. Hoffentlich hat Kay bald wieder Lust.

Dennis merkt, dass er schon wieder scharf ist. Noch dazu bei dem Wetter. Im Sommer kann er eh fast ständig.

Krankenpflege

Schon drei Tage später sitzt Dennis mit seinen WG-Freunden wieder auf der Terrasse.

Marco und Jochen berichten von Ibiza. Danach Carsten von seinem Trip mit Dave ins Sauerland.

Bis Dennis es nicht länger aushält, und seine Mitbewohner fragt.

„Leute, kennt jemand von euch einen Callboy, oder wisst ihr, wie so was läuft?“

„Bist du pleite, oder hast du es so nötig?“ Jochen schmunzelt.

„Du hattest doch sturmfreie Bude“, wundert sich Carsten.

Nur Marco schaut Dennis ernst an.

„Kleiner, was ist los? Erzähl mal. Dann können wir dir sicher einen Tipp geben."

Und Dennis erzählt.

Klar, dass danach jeder eine andere Meinung zu einem Callboy hat.

Carsten ist entsetzt, Jochen amüsiert und Marco wird philosophisch.

„Sicher kannst du wahrscheinlich eine Menge Geld damit verdienen. Aber es könnte deiner Seele schaden. Wenn du mich fragst, lass die Finger davon. Und jetzt im Ernst, wenn du finanzielle Probleme hast, dann reden wir darüber. Okay?"

Jochen grinst. „Zahlst du Dennis dann für die kommende Nacht?"

Alle lachen. Nur Dennis blickt Marco tief in die Augen. Mit dem würde er es sofort, ohne Geld und die nächsten drei Tage treiben.

Marco springt da auf. „Und unter vier Augen reden wir dann darüber. Klar? Ohne die Scherzkekse hier." Er klopft Dennis auf die Schulter. „Ich bin dann mal im Fitnesstudio. Bis später, Leute."

Aus dem später wird jedoch nichts. Nach dem Sport spürt Marco beim Umdrehen vor der Umkleide einen stechenden Schmerz.

Er merkt, wie ihm schwarz vor den Augen wird.

Dann sackt er zusammen.

Als er die Augen wieder aufmacht, liegt er auf dem Boden. Ein Trainer und mehrere Schaulustige um ihn herum.

Dann geht alles ganz schnell. Ein Rettungswagen kommt, lädt ihn ein und bringt ihn ins Krankenhaus.

Dort nimmt ihn eine junge Ärztin hinter der Ambulanz in Empfang.

„Wir werden Sie sofort röntgen. So wie es aussieht, haben Sie sich den rechten Knöchel ausgerenkt. Wenn das so ist, müssen wir Sie unter Narkose wieder einrenken. Zwei, drei Tage, dann können sie nach Hause.“

Marco verzieht vor Schmerz das Gesicht. Er nickt und schließt Schicksals ergeben seine Augen.

Als er sie wieder öffnet, fährt ein junger Pfleger ihn in den Röntgenraum. Er hilft beim Ausziehen, und Marco muss unter Schmerzen lächeln.

Unter anderen Umständen wäre es ihm nur zu recht, sich von dem Kerl ausziehen zu lassen.

„Mischa“, stellt der sich dann auch vor, als er Marco ein Krankenhemd anzieht.

„Ich muss unten an deinem Fuß ein wenig rasieren“, lächelt er Marco aus schwarzen Augen an.

Der erwidert das Lächeln.

Der Pfleger mit der Stirnglatze gefällt ihm.

„Oben bist du ja schon rasiert“, zückt Mischa dann ein Rasiermesser.

Beide sehen sich mit eindeutigen Blicken an, eh der Narkosearzt mit einer Spritze erscheint.

Als Marco wieder erwacht, ist es zwei Uhr morgens, und er auf der Aufwachstation.

Die Ärztin bestätigt ihm, dass nun alles wieder in Ordnung ist, und dann schläft Marco in einem Zimmer auf Station 3 weiter.

Als er um sieben Uhr erwacht, sieht er seine Klamotten auf dem Stuhl neben dem Bett.

Mist, denkt er, ich muss die anderen und den Sender informieren.

Mühsam grabscht er nach seinem Handy. Da spürt er seinen Fuß in einer Schiene.

Die Freunde sind rasch informiert und eilen mit Klamotten und voller Neugierde alle drei herbei.

„Du machst ja Sachen“, packt Jochen Marcos Klamotten in einen Schrank.

„Wie lange musst du hier bleiben?“, fragt Dennis.

„Zwei Tage. Und dann noch eine Woche diese Schiene und zwei

Krücken. Das wird schon wieder."

Sie quatschen noch ein wenig und Marco organisiert, wie immer, die kommenden Tage.

Plötzlich erscheint auch noch der Doc und erklärt, dass alles wieder in Ordnung kommt.

Und beruhigt schwirren die Freunde danach wieder ab.

Um elf Uhr kommt der Doc erneut zur Visite.

Mit schelmischem Blick schaut er Marco an. Der erwidert den Blick. Und bei dem Anblick wird Marco putzmunter. Dem Doc fallen lange, leicht zerzauste blonde Haare ins Gesicht. Der offene Kittel zeigt seine durchtrainierte Figur.

Mit langsamen Bewegungen fährt er Marco über den rechten Fuß.

„Zum Glück nur eine Schwellung und Zerrung. In 10 Tagen sind sie wieder fit."

Zwei Stunden später hilft ihm ein Azubi ins Bad.

„Schön vorsichtig. Setzen Sie sich auf den Hocker."

„Mach ich. Ich heiß Marco. Das Sie kannst du dir sparen."

„Nic. Okay. Kann ich dir hier noch helfen?"

„Ja, befrei mich von dem Totenhemd. Im Schrank sind Shorts und ein T-Shirt. Dann fühl ich mich gleich wohler."

„Ich hol sie sofort. Dann also erst mal ausziehen."

„Da hab ich grad nix gegen."

„Was?"

„Na von dir ausgezogen zu werden."

„Ach, hm."

Nic sieht Marcos Lächeln im Spiegel. Und entschlossen zieht er ihm das Hemd runter. Als Marco die Oberschenkel des Azubis an seinem Rücken spürt, wird er spitz.

Und das bewirkt, dass sein Kolben sich erhebt. Marco sieht runter, spreizt die Beine und sieht, wie sein Kolben da auch schon steil nach oben ragt.

„Soll ich dich waschen?" Nic verstärkt den Druck mit den Beinen.

Marco dreht sich zur Seite.

„Geil“, sieht Nic ihm auf den Kolben.

„Genau wie du.“ Marco packt Nic mit der linken Hand auf die weiße Hose.

Nics Kolben wächst darunter. Wie automatisch öffnet Marco ihm dann den Reißverschluss. Nic lehnt sich an die Wand, als Marcos Zungenspitze seinen Kolben umschließt.

„Nicht jetzt“, schluckt Nic. Doch da kennt er Marco noch nicht. Nun, da der einen Schwanz im Mund hat, vergißt er seine Schmerzen und bläst Nic wie verrückt den Kolben. Als er dann nach seinem Schwanz packt, merkt er, wie scharf ihn die Sache macht.

„Nun du“, drückt er kurz drauf Nic zwischen seine Schenkel.

„Du, ich muss“, wehrt Nic sich.

„Du musst mir jetzt einen blasen, sonst nichts. Mach schon.“ Marco drückt dem Azubi seinen Schwanz in den Mund und der verwöhnt ihn nur zu gern. Hektisch, aber geil.

„Du, ich“, Marco kann seinen Schwanz grade noch aus Nics Mund ziehen und zur Seite drücken, als seine Sahne auch schon in hohem Bogen in die Dusche fliegt.

Nic steht auf und rotzt ebenfalls ab. Auch in die Dusche.

„Saubere Sache“, lacht er dann.

Danach ist für Marco Ruhe angesagt.

Am nächsten Tag sieht er Mischa wieder. Den geilen Pfleger von der OP.

Dieser bringt ihm das Abendessen.

„Na du, wieder fit?“

„Ziemlich. Morgen bin ich weg hier.“

„Ja. Schade. Echt.“

„Wie schade?“

„Na so nette Patienten hab ich halt gerne länger hier.“

„Bedaure. Aber das muss ich echt nicht haben.“ Marco schaut ihn mit zweideutigem Blick an. „Du kannst aber gerne einen Hausbesuch bei mir machen und nachsehen, wie es mir geht.“

„Mach ich. Du, ich hab bis 22 Uhr Dienst. Danach schau ich noch einmal vorbei und gebe dir meine Nummer. Einverstanden?“

„Geile Idee. Da bin ich noch wach.“

Und nicht nur das, denkt Marco. Auf Mischa will er nicht warten, bis der ihn daheim besucht.

Um halb zehn macht Marco sich im Bad frisch, eh er sich nackt auf das Bett legt und die Decke hochzieht.

Er ist scharf auf Mischa und will ihn vernaschen.

Um Viertel nach zehn steht der in der Tür.

„Hey. Komm rein. Hast du Feierabend?“

„Ja. Endlich. Schläfst du noch nicht?“

„Natürlich nicht. Komm endlich rein.“

„Hier, meine Handynummer. Morgen hab ich nämlich frei, so dass wir uns hier nicht mehr sehen.“

„Danke. Ich schick dir gleich eine SMS, dann hast du auch meine.“

Marco merkt, dass er die Initiative ergreifen muss. Er packt Mischas Hand, und zieht ihn aufs Bett.

„Setz dich. Du bist ja echt süß.“

„Danke. Dito. Wenn du nicht hier lägst.“

Beide sehen sich an. Marco richtet sich dabei auf und zieht Mischa zu sich aufs Bett. Fast schüchtern lässt der sich einen Kuss auf den Mund geben. Dann noch einen, und noch einen, eh er willig seinen Mund öffnet und Marcos Zunge rein lässt. Kräftig reibt er dabei seine Hände über Marcos behaarter Brust, bis der sie tiefer nach unten zu dessen Kolben schiebt.

Da überrascht Mischa ihn, indem er die Bettdecke zur Seite zieht.

„Du bist ja nackt. Scharf. Hm, schön hart.“ Mischa rutscht wieder halb vom Bett und überzeugt Marco mit seiner Zunge davon, dass nicht nur die Azubis in dem Krankenhaus gut blasen können.

Marco stöhnt auf, als er die Schenkel spreizt, damit Mischas Zunge bis zu seinem Loch vorpreschen kann.

„Warte mal“, hört der Krankenpfleger da auf.

Entschlossen, nun doch schon Spaß zu haben, zieht er sich in Windeseile Shirt und Schuhe aus. Die weiße Hose mitsamt Slip folgt, eh er sich nackt, vorsichtig auf Marco legt.

Der drückt ihn fest auf sich und knutscht mit Mischa, als sei das im Krankenhaus die normalste Sache der Welt.

Ein wenig schmerzt dann sein Bein, als er Mischa hochzieht, um nun endlich seinen prallen, ziemlich langen Schwanz in den Mund zu bekommen.

„Moment", hilft Mischa, und setzt sich auf Marcos Brust.

„Geht doch", langt der dann zu.

„Sex ist doch die beste Medizin", lutscht er Mischa dann dessen Riemen.

So scharf, dass dieser sich zusammen reißen muss, damit der Nachtdienst sie nicht hört.

„Hey, wenn du so weiter bläst, spritz ich dir meine Sahne gleich ins Gesicht."

„Was? So schnell? Dann blas du ihn mir besser weiter. Oder?"

„Oder? Marco, wenn du wieder fit bist, darfst du mich ficken."

„Was? Erst dann? Reiten dürfte jetzt schon gehen. Hast du Bock, dich drauf zu setzen?"

„Hallo, du bist krank."

„Nur mein Fuß. Mein Schwanz nicht. Mach. In der Schublade müsste ein Kondom und Gleitcreme sein."

„Mir fehlen die Worte. Du denkst wohl immer an alles?"

„Klar, nun mach schon. Sonst musst du ihn erst wieder hart blasen."

Mischa steht auf, kramt in der Nachttischschublade und zieht Marco dann ein Gummi über dessen Leuchtturm.

„Ich bin vorsichtig. Wenn dein Bein weh tut, sag es. Ja?"

„Eh klar. Momentan tut mir nur mein Schwanz weh, der ist undersext. Setz dich drauf. Lass ihn rein."

„Grrr. Klappt schon."

Mischa pfählt sich und merkt, wie sein Kolben hart wird, als er Marcos Dolch zwischen seinen Arschbacken fühlen kann. Geschickt hilft er nach, dann hat er den harten Schwanz auch schon im Darm. Marco stößt mit der Hüfte nach, als die beiden aufstöhnen.

„Geil. Nun fick mich gesund."

„Schön langsam. Dein Bein. Ich mach das besser."

Mischa stützt sich ab und dank seines trainierten Bodies kann er sich und Marcos Geilheit beherrschen.

„Richtig geil. Puh, heavy."

Mischa stöhnt, als er nach seinem längst wieder harten Kolben schnappt. Und beim auf und ab wippen auf dem Bett, wichst er sich in Ekstase.

Vorsichtig presst Marco ihm seinen Kolben tief ins Loch. Und fest drückt Mischa seine Fotze dagegen.

„Mach so fest, wie du nur kannst. Dann erlebst du gleich, wie ich explodiere."

„Explodier. Schieß mir deine Sahne ins Gesicht. Gib mir deinen Saft. Zeigs mir. Mischa, du …"

Marco verdreht die Augen. Fast unbewusst erlebt er seinen Höhepunkt. Verlängert durch den Abgang von Mischa.

Beide stöhnen auf. Dann zucken sie zusammen. Mischas Sperma tropft Marco übers Gesicht, als sie Schritte auf dem Gang hören. Beide werden ganz ruhig. Nur ihre Herzen pochen noch, wie sie meinen, sehr laut.

Die Schritte entfernen sich wieder.

„Puh, das wäre was gewesen. Ich mach dich sofort sauber."

„Danke. Du hast mich ja echt reichlich bedacht."

Marco lacht. „Warte nur, bis ich wieder richtig fit bin."

„Da freu ich mich jetzt schon drauf. Du meldest dich?" Mischa springt vom Bett.

„Klar. Zudem euer geiler Doktor mir gesagt hat, dass ich noch eine Woche mit Krücken daheim liegen soll."

„Ja, der ist geil, was?"

„Steht der denn auf Kerle?"

„Ja, er hat aber einen Lover. Warum? Marco, du musst erst mal fit werden."

Schon zwei Tage später liegt Marco wieder daheim auf der Terrasse. Umsorgt von den Freunden, gehen ihm nun die Krücken auf den Wecker.

Dennis bringt ihm den Laptop zur Hollywoodschaukel.

„Hier. Dann kannst du wieder auf Gayromeo chatten. Sieh dir mal den Kay an."

„Deinen Callboy? Warum?"

„Na wie du ihn so findest. Er ist mit mir verlinkt. Und Escortkölnjoungster ist sein anderes Profil. Ich bin gleich zur Uni, okay?"

„Sicher. Ich komm schon zurecht. Jochen ist ja am Abend auch wieder da. Viel Spaß."

„Danke. Hm, drei Vorlesungen hintereinander. Da sag noch mal einer, wir Studenten hätten ein tolles Leben."

Dennis verschwindet und Marco hat endlich Zeit, um auf Gayromeo zu chatten. Kay ist sogar online und die chatten miteinander.

Marcos Job im Medienbereich gefällt ihm und Marco findet Interesse an Kays Callboygeschichten. Bis ihm die Chatterei zu blöd wird, und er Kay zum Kaffee einlädt.

Da der keine Kunden hat, sagt er zu und steht um 15 Uhr vor der Tür.

„Hallo, grüß dich. Marco."

„Ja, nicht zu verkennen. Hey, du siehst live besser aus, als auf den Fotos."

„Ach, echt?"

„Ja. Wobei die auch schon nicht schlecht sind. Besonders im Wasser."

„Na dann, komm rein. Geh ruhig vor. Du kennst dich ja sicher schon aus."

„Kenn ich", lacht Kay.

„Dann auf die Terrasse." Marco folgt seinem Gast mit Krücken.

Dabei fällt ihm auf, dass Kays Klamotten eine Nummer zu klein sind. Die roten Shorts passen kaum um den Arsch und das gelbe Shirt klebt förmlich auf Kays gebräunter Haut.

Und wie schon Dennis zuvor, fällt auch Marco auf, dass die blonden Haare gefärbt sind.

Trotzdem gefällt ihm der Kontrast zu den schwarz behaarten Beinen.

„Magst du was zu trinken? Cola steht auf dem Tisch. Sonst weißt du auch sicher, wo die Küche ist."

„Cola ist in Ordnung."

Beide pflanzen sich auf die große Schaukel.

„Ich mach schon. Bleib ruhig sitzen. Du, Marco, ich bin ja echt neugierig auf deinen Job. Erzähl doch mal."

Und Marco erzählt.

Danach berichtet Kay ihm von seinen Callboyerlebnissen. Marco lacht dabei öfter laut auf.

„Na, dann kann ich dich ja quasi buchen, wenn ich hier noch lange liegen muss und gern mal Spaß hätte."

„Gerne. Sogar sehr gern. Ich mach dir auch einen Freundschaftspreis. Weil du ja auch noch nicht fit bist. 50 Euro, weil du es bist."

„Hm, und was bekomm ich dafür geboten?"

„Was du magst."

Kay lacht und schaut Marco mit Hundeblick an.

„Okay. Ich kann ja bei Bedarf drauf zurückkommen." Auch Marco lacht.

Wobei er sich sicher ist, nie im Leben Geld für Sex auszugeben.

Dabei macht ihn der junge Callboy schon an. In einer Disco hätte er ihn sicher schon vernascht.

Lange quatschen die beiden, eh Kay sich um fünf verabschiedet.

Marco bringt ihn bis zur Wohnungstür.

„Du, es war echt schön, dich kennen zu lernen." Marco nickt seinem Gast zu.

„Dich auch. Du bist ein Netter."

Marco stützt sich an der Wand ab, und Kay umarmt ihn. Marco fällt halb auf ihn und stützt sich dann auf Kay. Dabei berühren sich zum Abschied kurz ihre Münder zu einem Kuss.

„Moment", stützt Marco sich noch einmal kurz auf Kay, und streichelt ihm über den Rücken. Wie von selbst küsst er dabei den

Profi erneut.

Da spielt der auch schon mit der Zunge zwischen Marcos Lippen.

Was natürlich dafür sorgt, dass dessen Zunge mitspielt. Ziemlich stürmisch sogar. Wobei Marcos Hand sich in Kays Arsch festkrallt und sein Kolben hart gegen Kays Shorts pocht.

Relativ lang stehen die zwei dann knutschend im Flur. Wobei Marco sich zunehmend auf Kay stützen muss. Sein Fuß schmerzt, doch der Callboy küsst einfach zu geil.

Bis Marco gegen die Wand fällt.

„Puh, danke. Das war jetzt aber echt nötig. Ich lebe wieder."

„Das merkt man." Kay zieht ihm die Shorts ein wenig runter, eh er Marcos Kolben ans Freie holt. „Lecker", hat er die Zuckerstange da auch schon im Mund. Und genau so geil wie er zuvor geknutscht hat, bläst er Marco dann den Kolben.

Der stöhnt, laut werdend, auf. Er ist ja einiges gewohnt, aber Kay ist echt ein Profi. Kein Wunder, dass Dennis ihn so scharf findet.

Als der Callboy hochsieht, schaut Marco runter.

„Das war echt nicht geplant."

„Nein, aber trotzdem geil. Jetzt aufhören, fände ich auch blöd. Das ist heute eine Gratisstunde. Gehen wir zum Sofa?"

„Geiles Stück. Ich folge." Marco schnappt nach seinen Krücken. Dennis steht auf, und geht vor.

Ins Wohnzimmer zurück. Als Marco folgt, hat der Callboy sich auch schon ausgezogen und liegt nackt auf dem breiten Ledersofa. Marco fällt förmlich auf ihn, um weiter zu knutschen.

Bis Kay ihn vorsichtig von Shirt und Shorts befreit. Fest pressen sie dann ihre Bodies aneinander. Beide sind voll erregt.

Marco genießt es, den Callboy zu vernaschen. Und der ist einfach geil, geil auf die Sau, die ihn da grad bearbeitet, zudem Marco ihm nun den Kolben lutscht. So scharf, dass Kay aufstöhnt, was Marco zufrieden registriert.

„Anfänger bist du auch nicht", zieht Kay Marcos Kopf wieder zu seinem Mund.

Während sie weiter küssen, pocht Marcos Kolben zwischen Kays Schenkel.

Marco spielt dazu mit zwei Fingern an Kays Rosette.

„Kannst du schon wieder ficken?“, brummt der.

„Ich würde sagen, wir probieren es aus.“ Marco drückt sich fest auf seinen Gast.

Sein Kolben verteilt dabei erste Lusttropfen vor dessen Loch.

Den turnt das zusätzlich an.

„Ich hab ein Gummi in der Shorts“, brummt er dann.

„Ach?“ Marco lässt von ihm ab.

„Ich wäre sonst noch zum Aachener Weiher weiter gezogen. Für 20 Euro ist da immer eine geile Nummer drin. Mit Typen unter 40. Über 40 sogar mehr.“

Marco ist baff. Der Typ ist echt durchtrieben. Wobei der sich nun geschickt so legt, dass Marco nur noch zustoßen braucht.

Nur kurz schmerzt sein Fuß, als Kay vom Sofa springt und nach dem Kondom sucht.

Und eh Marco sich versieht, ist er mit seinem Kolben auch schon in Kays Kiste.

„Geht doch. Dein Schwanz ist ja auch nicht gebrochen. Kannst du dich bewegen?“

Kay lehnt sich zurück.

„Hast du Power? Oder?“

„Ich denke ja. Meine Hüften sind ja auch in Takt.“

„Ich merk es. Ich liebe es, gevögelt zu werden.“

„Das glaub ich dir.“ Und Marco tut ihm, und damit sich, den Gefallen. Er legt los, als wäre es sein letztes Mal.

„Hm. Grrr. Nicht schlecht. Das brauch ich. Da braucht Dennis mich eigentlich gar nicht, wenn du denn auch so ran nimmst.“

„Nah, hab ich aber noch nicht.“

„Was? Ihr habt es noch nie miteinander getrieben? Oh, da entgeht ihm aber was.“

„Ja, nun bist du fällig. Fuck.“ Marco ist selbst erstaunt, wie lang er kann.

„So mag ich das. Du bist echt nicht einer, der gleich abrotzt.“

„Aber lange …“ Marco ist schneller geworden.

„Hast du genug? Ich kann eh fast immer. Dann noch mal fest rein und dann zieh ihn raus und spritz mir ins Gesicht.“

„Was?“ Marco powert nun wie wild.

„Na zieh ihn raus und klatsch mir die Sahne ins Gesicht. Bitte.“

Marco stoppt. Der Saft drückt ihm in die Eichel.

„Mach, ich will es sehen.“

Kay drückt Marco von sich. Dabei flutscht dessen Kolben aus Kays Arsch.

„Zieh das Gummi runter und spritz mich voll.“ Kay wird regelrecht wild.

Marco gehorcht und richtet sich auf. Er weiß, dass er eh einen Meter weit spritzen wird. Daher zielt er Kay auf den Mund und dann schleudert er ihm eine irre Menge Sperma mitten ins Gesicht.

Der brüllt auf. „Hallo. Wahnsinn. Ja, mehr. Irre.“

Und wie eine kleine Fontaine zischt dann auch seine Flüssigkeit aus ihm raus, auf seinen Bauch.

„Das hatte aber echt was, die Gratisstunde“, lacht Kay.

„Ach. Ja? Nächstes Mal muss ich dann zahlen?“ Auch Marco lacht.

„Na ja. Schauen wir mal. Du könntest sicher selber Callboy werden. Aber mich wundert echt, dass du noch nie mit Dennis gevögelt hast? Ist er nicht dein Typ?“

„Er ist mein WG-Partner, war mit Carsten zusammen und …“

„Und?

„Na, es hat sich halt nie ergeben.“

„Aha. Na das wird es sicher noch. Oder wollen wir es mal zu dritt machen?“

„Erst muss ich mal wieder fit werden. Klar?“

Und so hat Dennis an dem Abend doppeltes Pech. Zum einen sagt Kay ihm ab, da der Sex mit Marco ihm für den Tag reicht.

Zum anderen darf er Marco stützen, als der ins Bett will. Als dieser dann im XTG Slip auf der Bettkante sitzt, schaut Dennis ihm auf die Oberschenkel.

Zu gerne würde er mit Marco die Nacht verbringen.

Wie schon so oft, bekommt er einen Ständer. Marco registriert es. Er muss schmunzeln.

Wenn Kay ihn nicht so beansprucht hätte, dann wäre Dennis nun spätestens fällig.

So aber muss er warten. Wobei Marco auf Kays Diskretion hofft. Es wäre ihm echt fast peinlich, wenn Dennis von dem Nachmittagsfick erfahren würde.

Schon vier Tage darauf sitzt Marco in der Krankenhausambulanz, damit seine Schiene am Bein abgenommen wird. Außerdem soll der Doc den Abschlusscheck machen.

Nach zwei Stunden Wartezeit ist er um kurz vor eins dran. Doc Lindner holt ihn selber ab.

„Sorry, hier war heut früh die Hölle los. Nun sind alle essen. Da wird es etwas ruhiger. Gehen Sie schon vor. Bitte ins letzte Zimmer am Gangende."

Marco humpelt hin, zieht seine lange Trainingshose aus und legt sich auf die Bank.

„Hm, schon bequem gemacht?" Der Doktor kommt rein und schließt die Tür hinter sich.

„Dann schauen wir mal. Hast du noch Schmerzen?"

„Nein, alles wieder in Ordnung. Die Schiene kann runter."

Der Doc setzt sich, und entfernt die Schiene.

Prüfend drückt er dann Marcos Gelenke.

„Alles okay?"

„Ja, wobei das tut echt gut. Massage pur."

„Du hast Nerven. Auf, stell dich mal hin. Und dann lauf mal quer durch den Raum."

Marco springt auf. Zunehmend sicherer, durchquert er das Zimmer.

„Super. Ich bin wieder der Alte."

„Ja, aber die nächsten Tage ist bitte noch Schongang angesagt."

„Und das heißt?" Marco setzt sich wieder auf die Bank.

Der Doc lässt sich neben ihm nieder. „Kein Sport, und hier, deine Oberschenkel müssen erst wieder fit werden und sich an die Vollbelastung gewöhnen. Da muss wieder Kraft rein. Da hilft nur Übung."

Der Doc streichelt ihm über die Oberschenkel.

Marco spannt sie ganz bewusst an.

„Also üben?"

„Ja, besonders die Oberschenkel."

„Okay. Da kenn ich ja die ein oder andere Übung."

Beide grinsen sich an.

„Das denk ich mir."

Der Doc streichelt ihm weiter über die Schenkel. Marco spreizt diese und packt ihm nun ebenfalls auf die Oberbeine.

„Na, Sport machst du aber auch sicher reichlich."

Beide verstärken den Druck, eh sie aufstehen, und ihre Körper aneinander drücken.

Beim Knutschen rutschten ihre Hände dann von den Hüften auf die Kisten. Wobei der Doc Marco den weißen Slip runter zieht. Marco drückt ihm kurz durch die Hose dessen Latte, eh er auch den Doktor vom überflüssigen Stoff befreit.

Voll rattig bohrt er dann mit einem Finger im Loch seines Docs.

„Sind wir hier ungestört?", fragt er dann.

„Moment." Doc Lindner streift sich die Hose runter, eh er zur Tür geht, um diese abzuschließen.

„Jetzt ja. Da können wir gleich testen, ob deine Oberschenkel in Ordnung sind."

Der Doc kramt in einer Tasche und reibt sich Gel in sein Loch.

„Ich denk mal, dass du aktiv bist?" Grinsend kommt er auf Marco zu.

„Für dich gerne, dreh dich um."

Der Doc leckt sich über die Lippen, eh er seinem Patienten ein Gummi in die Hand drückt. Mit gespreizten Beinen lehnt er sich dann an seinen Schreibtisch. Marco nimmt ihn von hinten, und denkt beim

Eindringen, dass so eine Krankheit durch aus was für sich hat, zudem sich der Doc hammergeil durchknallen lässt.

„Du, das machen wir aber noch einmal", keucht Marco.

„Ja. Boh, ich hatte vier Wochen keinen mehr drin. Mann, du bist mir einer. Fuck."

„Das kannst du haben. Wird eh kurz, ich bin so scharf."

Der Doktor richtet sich auf, um seinen Schwanz zu wichsen. Marco hält ihn mit den Händen an der Brust fest, und verlangsamt seinen Fick.

Dennoch ist er soweit.

„Zusammen, ja?" Damit drückt er seinen Schwanz noch tiefer in die Kiste seines Doktors. Statt einer Antwort spritzt der seinen Saft auf den Boden. Auch Marco drückt ab, und als er eine Stunde später wieder daheim auf der Terrasse sitzt, ist er froh, endlich wieder fit zu sein, und Ruhe zu haben.

Turbolenzen

Mit der Ruhe ist es in der geilen WG aber schon bald aus. Schon am nächsten Morgen kracht es bei Carsten und Dave. Beide haben Frühdienst auf der gleichen Station. Carsten macht die Tabletten fertig, als Dave ihn von hinten umschlingt.

„Hallo, Süßer. Schön, dich zu sehen."

Erschreckt wehrt Carsten ihn ab. „Lass das. Nicht hier. Wenn uns jemand sieht. Du weißt doch, dass ich das nicht mag."

„Du bist ja drauf. Hier ist doch keiner. Na dann eben nicht."

Wütend dreht Dave sich um, um die Patienten zu wecken. Obwohl er dabei gute Laune vortäuscht, hat er eine tierische Wut auf seinen Freund. Nie macht er es Carsten recht. Ständig hat er was zu nörgeln. Und er behandelt ihn wie sein Eigentum. Dave vermisst seine Clique, Parties und sein altes Leben.

Den ganzen Vormittag kreisen seine Gedanken um Carsten. Liebt er ihn mehr als alles andere?

Das abendliche Gespräch macht die Sache nicht einfacher. Carsten wird immer verbohrter und Daves Laune verschlechtert sich zunehmend.

Das ändert sich auch am nächsten Tag nicht. Nach dem Frühdienst fährt er zum sonnen an den Rhein. Hinter dem Cranachwäldchen, einem Cruisinggebiet, lässt er sich häuslich nieder. Nackt aalt er sich gegen 15 Uhr in der Sonne. Dave spielt an seinen Eiern, und merkt kaum, wie sein Schwanz langsam anschwillt.

„Hi. Ist hier noch Platz?", reißt ihn da eine Stimme aus seiner Fantasie in die Wirklichkeit zurück. Dave schaut auf. Vor ihm steht ein dunkelblonder Junge ins seinem Alter, der ihm mit großen Augen auf die Latte schaut.

Dave grinst. Der Kleine gefällt ihm.

„Hallo. Setz dich."

Und der Boy wirft sich und seine Tasche auf die Decke. Fast gleichzeitig hat er sich da auch schon ausgezogen. Nackt, mit voll ausgefahrenem Schwanz, legt es sich dann neben Dave auf die Decke.

Puh, ist der braun, denkt Dave. „Bist du noch Schüler?", fragt er dann.

„Ja, nächstes Jahr mach ich Abi. Und du?"

„Azubi. Krankenpfleger. Dave."

„Felix. Warst du grad beim wichsen?"

„War ich." Nun erst schaut Dave auf Felix' langen Schwanz. Der ist sicher um einiges länger, als der von Carsten, denkt er.

Da hat der auch schon Daves Teil in der Hand. „Da kann ich dir sicher helfen." Felix drückt fester zu.

„Wichsen kann ich auch allein", legt sich Dave wieder auf die Decke. Prompt hat Felix auch schon seinen Schwanz im Mund.

„Hm, schon besser", schnurrt Dave, und genießt den Blowjob in der Sonne.

Carsten ist längst vergessen, als Felix auf ihn klettert, um ihn abzulecken.

Zudem küsst er geiler als sein Lover, stellt Dave nebenbei auch noch fest.

Als sich die beiden Boys auf der Decke drehen, kann Dave den Prachtstab seines Flirts noch besser fühlen. Und er würde ihn gern in sich haben.

Dave wird noch rattiger, bei dem Gedanken, von Felix gevögelt zu werden. As könnte der seine Gedanken erraten, beugt Felix sich auf.

„Jetzt blas du ihn mir mal", rutscht er unter Dave nach vorne. Dann steht er auf und steckt Dave den 22 Zentimeter langen Dolch in den Mund.

„Sex hier ist immer scharf", schnurrt Felix, während Dave ihm total aufgekratzt immer schneller den Kolben leckt.

„Stahlhart", gluckst der da ganz zufrieden.

„Und das heißt?", schaut Felix zu Dave runter.

„Na was wohl?", legt Dave sich auf den Bauch. „Mein Arsch, was sonst?"

„Ich hab ein Kondom bei", ist Felix da auch schon wieder auf der Decke.

„Gut so. Ich auch."

Felix krault ihm die Pobacken, eh er sie auseinander zieht. Daves Loch lacht ihn förmlich an. Trotz seiner erst 18 Jahre kennt er sich bereits mit knackigen Lustlöchern aus. Das von Dave reizt ihn grad an dem Nachmittag ganz besonders.

Voller Lust spuckt er darauf, um dann seine Spucke mit dem Daumen zu verteilen. Genießerisch setzt Felix sich zwischen Daves Beine. Sein Dicker zuckt schon voller Vorfreude. Er rutscht höher und zieht Daves Backen weit auseinander. Begeistert sieht er sich zu, wie er seinen Kolben dann in Daves Loch verschwinden lässt.

„Oha, ja", stöhnt seine Stute da auf.

Und Felix weiß, was er nun zu tun hat. Rammeln bis zum Orgasmus. Und das für beide. Jung, und etwas ungestüm legt er los. So wie Dave es mag.

Und Dave lässt sich von dem Schüler so geil durchknallen, wie schon lang nicht mehr. Total rattig fährt er voll auf die Nummer ab.

Und Felix erprobt an ihm seine Fickkünste. Immer tief rein und das mit Power.

„Du, ich kann später noch einmal“, wird Daves Hengst einige Minuten später noch schneller. Mit einem lauten Schrei hat er dann seinen ersten Höhepunkt in Daves Kiste.

„Sorry, nachher noch mal”, rollt er sich nach seinem Höhepunkt von Dave. Das voll gespritzte Kondom landet achtlos im Gras.

„Warum Sorry? Ich hab auch.“ Dave erhebt sich, um auf die Stelle auf der Decke zu zeigen, in der er sein Sperma verrieben hat.

„War aber echt scharf. Na, so lang wie deiner aber auch ist.“ Dave reckt sich.

„Dito. Gib mir eine Stunde, dann darfst du gerne noch einmal hinhalten.“

Und ohne schlechtes Gewissen, lässt Dave sich genau eine Stunde später erneut von dem jungen Schüler durchknallen.

Zur gleichen Zeit schuftet Jochen als Saftschubse auf dem Rückflug München-Köln.

Ein Routineflug, und wie immer hat Jochen schon beim Einschecken die Gäste mit breitem Grinsen angesehen. Überwiegend Geschäftsleute und über 50, wie er feststellt.

Nur in Reihe 20 sitzt ein Typ, der ihm gefällt.

Jochen tippt ihn auf Ende 30. Dreitagebart, dunkelblonde Haare, Seidenhemd und eine moderne schwarze Hose, die seine super Figur noch betont. Zudem gefällt Jochen der Blick und das Lächeln des Mannes.

Ähnlich wie Marco, sein WG-Kumpel, hat auch der Fluggast das voll drauf.

Leider dauert der Flug nur 50 Minuten, und Jochen kann dem Kerl nur einen Drink bringen. Immerhin flirten sie mehrfach mit den Augen. Nach der Landung, beim Aussteigen, sieht der Kerl Jochen lange an.

„Danke. Vielleicht auf bald.“ Damit drückt er dem verdutzten Jochen einen kleinen Zettel in die Hand. Der Flugbegleiter steckt ihn ein, eh er weitere Gäste verabschiedet.

Auf dem Weg mit der Bahn in die Innenstadt liest Jochen den Zettel.

Hallo!

Ich würde mich freuen, wenn du heute Abend Zeit hast.

Einen lieben Gruß Oliver

0127/53826345

Jochen steckt den Zettel weg. Eigentlich ist er ja mit Patrick zusammen.

Patrick, mit dem er noch vor zwei Wochen auf Ibiza glücklich war. Patrick, der grade in Lissabon dreht, und ihm am Vortag eine SMS geschickt hat, dass er auch die nächsten Wochen kaum Zeit hat.

Jochen passt das alles überhaupt nicht.

So hatte er sich den Beginn ihrer Beziehung nicht vorgestellt. Außerdem hat er das Gefühl, dass Patrick ihn vergessen will.

Kurz nach seiner Ankunft in der WG, schickt er Oliver eine SMS.

Und da Patrick ihm abends, statt Anruf, nur eine SMS schickt, trifft er sich mit Oliver um 20 Uhr auf dem Heumarkt am Kaiser Wilhelm Denkmal.

„Hallo, Flugbegleiter. Echt schön, dich so schnell wieder zu sehen.“

„Unverhofft kommt oft“, schaut Jochen seinen Fluggast an.

Der steckt nun in einem schwarzen Seidenhemd zu seinen schwarzen Hosen. Ein silbern glänzender Gürtel sorgt für den nötigen Kontrast. Außerdem betont er, wie schon im Flieger, die geile Figur von Oliver.

Aus seinen blauen Augen blickt auch Oliver sein Date an.

Der steckt in ¾ Army Hosen, schwarzem Muscle Shirt und Sneakers.

Totaler Kontrast, denken beide, eh sie über die Hohenzollernbrücke Richtung Maritim wandern.

Dabei erfährt Jochen, dass Oliver tatsächlich Geschäftsmann ist und beruflich öfter in Köln zu tun hat.

Auf der anderen Seite, im Stadtpark, mit Blick auf den Dom, setzen sie sich auf eine Bank.

„Köln, meine Stadt“, zeigt Jochen seinem Abendgast Kölns schönstes Panorama.

„Und das hier ist die geilste Aussicht auf die City.“

„Geil ist die Aussicht in der Tat“, schaut Oliver Jochen nun aus nächster Nähe tief in dessen Augen.

„Ich find dich übrigens ziemlich geil“, bleibt Oliver bei seinem Blick.

„Etwas underdressed für dich, oder?“ Jochen hält den Blick.

„Ich zieh dich eh später aus. Gehen wir ins Hotel?“

„Ach?“

„Ich will mit dir ins Bett. Oder spricht da was gegen?“

Auch Oliver hält den Blick und streichelt Jochen über beide Brustwarzen.

„Ich würde gern mit dir ficken“, streichelt Oliver seinem Flirt da auch noch über den Rücken. Tiefer bis zum Arschansatz.

„Du gehst aber ran“, berührt Jochen nun Olivers Oberschenkel.

„Pack höher, dann merkst du, wie scharf ich bin.“

Und Jochen packt Oliver in den Schritt.

Das harte Schwanzpaket gefällt ihm.

Vorsichtig sieht er sich um. In der Umgebung ist kein Mensch zu sehen. Zudem sie eh weit ab von den Menschentrauben am Rhein sind.

Mit beiden Händen zieht er dann den Reißverschluss von Olivers Hose auf. Der sieht verdutzt runter, als Jochen auch schon seinen pochenden Schwanz aus der schwarzen Unterhose ans Freie gezogen hat.

„Ich will ja nur mal sehen, was mich erwartet“, wichst er dann den Schwanz seines, wie er hofft, baldigen Stechers.

„Das hätte ich auch nicht gedacht“, stöhnt Oliver.

„Dass ich heut noch so verwöhnt werde.“

„Wenn du mich gleich auch verwöhnst“, stoppt Jochen seine Blasnummer.

„Im Hotel“, knetet Oliver den Hintern seines Flugbegleiters mit der rechten Hand.

„Später. Komm erst mal mit.“ Jochen verstaut Olivers bestes Stück wieder in dessen Hose. Dann zieht er ihn hoch. Oliver nutzt die Chance, ihn zu küssen.

Beide können dabei fühlen, wie rattig sie sich finden.

„Jetzt aber“, stoppt Jochen nach fast einer Viertelstunde.

Er packt seinen Fluggast an der Hand und beide laufen Richtung Seilbahn.

Bis Jochen den Weg verlässt und Oliver zwischen zwei Bäumen in eine dunkle Ecke zieht.

„Hier?“ Oliver ist verdutzt.

„Hast du was dagegen?“ Ohne zu zögern, öffnet er dem Fluggast bereits wieder die Hose.

Diesmal zieht er sie mit dem Slip nach unten. Wenn er scharf ist, braucht er es sofort, ohne Umwege und ohne Bett.

Und anders als Patrick beim ersten Mal, lässt Oliver ihn nicht zappeln.

Er hilft Jochen nach dessen zweiten Blowjob sogar, aus der Army Hose zu kommen.

Und dann zeigt er Jochen, wie viel auch er vom Blasen versteht.

Als er Jochen anschließend dreht, um ihm auch das Loch zu lecken, ist der selig.

So wild wie Oliver schon mit der Zunge seine Kiste verwöhnt, dürfte der Fick einfach nur scharf werden.

Sein erster Fick seit Ibiza. Plötzlich hat er Patrick im Kopf. Sein Patrick.

Mist. Für einen Moment wird Olivers Zunge schwächer. Oder kommt ihm das nur so vor.

„Wenn du magst, dann fick mich“, hört er sich da sagen.

„Ich mag schon seit heute Mittag im Flieger“, stoppt

Olivers Zunge.

Er befreit sich nun ebenfalls von seinem Hemd.

„Mist. Jochen, hast du ein Kondom dabei?“

„Hab ich. Du nicht?“

„Nein, ich hab nur welche im Hotel. Ich war ja davon ausgegangen, dass wir dort landen.“

„Da brauchen wir bestimmt später auch noch eins“, fummelt Jochen in seiner Army Hose.

„Da könntest du verdammt recht haben”, schnappt Oliver nach dem dargebotenen Gummi.

„Beug dich vor“, gibt er dann Anweisungen wie im Büro.

Wobei das überhaupt nicht nötig ist. Nur zu gern streckt Jochen ihm seinen rasierten Arsch entgegen.

Und er kommt voll in den Genuss von Olivers 22 cm langem Bolzen. Lang, hart und nicht zu dick. So wie er es mag.

„Bock mich auf. Bohr ihn rein, so tief wie du kannst”, jault Jochen.

„Du Dreckstück”, spießt Oliver ihn auf und bewegt seine Hüften.

Outdoor hatte ich lange nicht mehr, denkt er, wobei er bei der geilen Stute rasch beschleunigt. Beide stöhnen quer durch den Park. Doch Jochen hat eine Stelle ausgesucht, an die höchstens andere geile Kerle zum Vögeln denken.

Vögeln, genau das machen sie dann. So lange, bis beide sich in einem heftigen Orgasmus entladen. So heftig, dass sie mehr voneinander wollen.

Und so landen sie in der Nacht im Maritim, im Bett.

Hier revanchiert sich Jochen bei Oliver. Beide lachen, als nun dieser ein Kondom aus seinem Kulturbeutel holt.

„Your turn“, wirft Oliver sich auf das große Bett.

„Ich hatte eh viel zu lang keinen Sex mehr. Jetzt bist du aber dran mit ficken.“

Und Jochen besorgt es ihm, ausnahmsweise mal aktiv, bis beide wieder einen irren Orgasmus erleben.

Danach pennen sie zusammen ein.

Der Abschied am nächsten Morgen ist dann sehr abrupt. Oliver muss zu einem Meeting in die City. Und so kreuzt Jochen schon um acht wieder in der WG auf, wo Marco grad beim Frühstück sitzt.

„Guten Morgen. Ich frag nichts. Magst du einen Kaffee?"

„Moin. Gute Idee. Ich hatte nicht so viel Schlaf letzte Nacht."

Marco denkt an Ibiza und Patrick, als er seinem Kumpel Kaffee einschenkt. Da sprudelt es aus Jochen auch schon heraus. Er bekommt nun doch ein schlechtes Gewissen.

„Hm", kaut Marco nur an seinem Salami-Käse-Brötchen. „Ich würde Patrick nichts davon sagen. Schau doch erst mal, wie es mit ihm weiter geht. Und wenn ihr euch eh nur alle Jahre mal seht, solltet ihr eh über eine offene Beziehung nachdenken. Sonst hast du ja ständig Überdruck in der Hose."

„Danke für den Rat. Wahrscheinlich hast du sogar recht."

Zwei Tage noch geht Dave in sich, ehe sein Entschluss, sich von Carsten zu trennen, fest steht. Da dieser eh schlechter Stimmung ist, nimmt er Daves Entschluss zunächst relativ gelassen hin.

Nach der Tagschicht sitzen sie auf einer Bank vor dem Krankenhaus.

„Dave, ich hab das doch eh schon gemerkt. Wir passen eben nicht zusammen, so wie du drauf bist." Carsten brummt es mehr, als das er es laut spricht.

„Ja, da hast du leider recht. Vielleicht findest du ja jemand, der dir immer alles recht machen kann. Nur so perfekt bin ich eben nicht."

„Nein, perfekt bist du wirklich nicht", schnauft Carsten.

„Danke. Dann geh ich jetzt wohl besser, ehe wir beide unsachlich werden." Dave springt auf. Und da grad sein Bus kommt, ist er verschwunden, eh Carsten noch etwas antworten kann.

Zwei Tage bleibt er cool, bevor er sich abends auf der Terrasse bei Jochen und Marco ausheult.

Dave hat inzwischen sogar die Abteilung gewechselt, so dass er ihn auch nicht mehr sieht.

Und so heult Carsten sich am Abend, als er das erfahren hat, aus.

Seine WG-Freunde trösten ihn.

„Du, wenn es so ist, wie du sagst, dann passt ihr echt nicht zusammen. Schau nach vorne. Es ist nun halt so." Jochen lacht, eh er an seinen eigenen Lover, Patrick, denkt.

Tags zuvor hat der angerufen. Aber auch Oliver hat sich nach der Nacht gemeldet.

Beide werden nun in Kürze in Köln sein. Jochen mag Patrick, er freut sich auf ihn. Gleichzeitig schreit die Hammer Nacht mit Oliver förmlich nach einer Wiederholung.

Für ihn kann Carsten froh sein, dass er so ein Problem nicht hat.

Trotz der Tränen an dem Abend, erholt sich Carsten auch von Dave relativ schnell.

Und als er Samstagmorgen im Fitnesstudio ist, merkt er, wie er bei dem Anblick eines Sweetys auf dem Laufband, scharf wird.

Immerhin hatte er auch schon über eine Woche keinen Sex mehr.

Der Sweety hat pechschwarze, kurze Haare, ist sicher nicht viel älter als 20 und versucht, mit Carsten in Blickkontakt zu kommen.

Carsten merkt, wie sein Schwanz in der weißen Trainingshose anschwillt. Verdammt, denkt er, ich brauch einen Mann. Ich brauch Sex. Einen harten Schwanz im Loch oder zumindest im Mund.

Da kommt er in Blickkontakt mit dem Sweety.

Und der Blick ist auf Anhieb so eindeutig, dass Carsten ihm mit einem Nicken zu verstehen gibt, ihm zu folgen.

Der Typ auf dem Laufband wird langsamer.

Auch Carsten stoppt, dann schnappt er sein Handtuch und macht sich auf den Weg zu den Toiletten. Der Sonnyboy folgt und Carsten fühlt, den hat er gewonnen. Betont langsam steuert er auf die letzte Klotür zu.

Drinnen stellt er sich an die Wand. Der Typ ist wie der Blitz bei ihm. Carsten muss nur noch in die Hocke gehen, und dem Boy die

Shorts runter ziehen. Schon hat er dessen dicken, rasierten Schwanz vor seinen Augen.

Halbsteif.

Carsten nimmt ihn in den Mund. Beim Saugen fühlt er, wie der Kolben hart wird.

Seiner drückt längst gegen die Shorts. Bis er sein bestes Stück raus zieht, um ihn wie besessen zu wichsen.

Bei dem Blowjob merkt er, wie rattig er ist. Wie dringend er einen Kerl braucht.

„Boh jau, scharf“, brummt der Sweety, und bemüht sich, leise zu sein.

Carsten gibt alles. Er ist einfach tierisch geil. Sein Saft drückt ihm bereits in seine Schwanzspitze, als der Sweety wild wird.

„Hör auf. Ich … ah.“ Beim Rausziehen spritzen die ersten Tropfen aufs Kinn, der Rest Sperma fällt auf den Boden.

Carsten befördert mit zwei weiteren Wichsbewegungen seine Sahne ebenfalls ans Freie.

„Echt geil“, verdrückt sich sein Opfer da auch schon.

Carsten wischt noch den Boden sauber und begibt sich dann in die Sauna.

Verdammt, denkt er auch dort wieder. Ich brauch dringend wieder richtigen Sex. Sex oder einen Typ wie Dave und Sex. Regelmäßig.

Am nächsten Abend prasselt ein gigantisches Gewitter auf Köln nieder. Carsten schafft es grad noch, trocken in die Wohnung zu kommen.

Marco räkelt sich auf dem großen Ledersofa vor dem Fernseher.

„Hi. Was bringst du denn für ein Wetter mit?“

„Hallo, Marco. Jau, da zieht ein mächtiges Gewitter an. Ich hab es grad noch geschafft. Wo sind denn die anderen?“

„Jochen fliegt grad Richtung Dubai und Dennis hat einen neuen Job. Er macht jetzt einen auf Nachtwächter. In irgendeinem Parkhaus.“

„Seit wann?“

„Seit gestern. Für zwei Wochen. Er vertritt einen Kumpel. Er hat danach auch schon was Neues. Gehst du noch raus?“

„Nein. Schau mal, das Gewitter.“

„Hm. Ja. Trinkst du noch einen Rotwein mit? Dann hol ich noch eine neue Flasche.“

„Gute Idee. Ich zieh mich in der Zeit um.“

Nur in Shorts und einem weißen Shirt ist er fünf Minuten später wieder da. Draußen das Gewitter wird immer lauter, als Marco ihm Wein einschenkt und den Fernseher lauter stellt. Auch er trägt nur ein weißes Shirt und einen schwarzen, leicht glänzenden Retro Slip. Carsten wirft einen Blick auf die Ausbuchtung und denkt an den wohlbekannten Inhalt. Wobei er den schon Jahre nicht mehr in sich drin hatte.

Scheiße, denkt er, er ist schon wieder scharf auf einen Kerl. Soll er noch in die Phoenix oder sich auf Gayromeo was suchen.

Stattdessen kuschelt er sich zu Marco auf das geräumige Sofa.

Im Fernsehen läuft ein alter Edgar Wallace Krimi. Passend zum Wetter ‚Der grüne Bogenschütze'.

Köln und England im Regen und tiefstem Nebel.

Und während der Krimi über die Mattscheibe flimmert, kuschelt sich Carsten, wie selbstverständlich, an Marco.

Bis der ihn an sich drückt und seinen Nacken krault.

Eddi Arent, als Butler im Edgar Wallace Krimi lässt Carsten weiter entspannen, wobei das Zelt in seinen Shorts immer größer wird. Die sexuelle Spannung umfängt Carsten immer mehr. Genießerisch schließt er die Augen, als Marco ihm weiter die Schultern massiert. Er riecht Marco, dessen Eau de Toilette, seine Männlichkeit.

Carsten fühlt Marcos Füße, immer fester, bis er sich an seinen WG-Freund schmiegt. Eher an den geilen Typ neben ihm. Carsten öffnet die Augen. Er ist irre scharf und merkt wie er zittert.

„Alles okay?“, schaut Marco ihn mit verführerischem Blick an.

„Sehr. Nur wenn du weiter so machst, kann ich für nichts garantieren.“

„Bist du so geil?“ Frech drückt Marco ihm auf die Wölbung seiner Shorts.

„Verdammt ja. Mega. Sorry.“

„Kein Problem, ich auch“, schaut Marco runter auf seinen Retro Slip. Carsten folgt seinem Blick und schaut intensiv auf die ebenfalls größer gewordene Ausbuchtung in Marcos Slip.

Beide schauen sich an, eh sie sich küssen.

Vertraut und doch neu. Langsam und dann ganz plötzlich mit irrem Zungenschlag. Wenig später zieht Marco seinen WG-Kumpel auf sich. Weiter knutschend, streicheln sie ihre Körper. Rasch landen ihre Klamotten auf dem Boden.

Wobei Marco an dem Abend eh mehr nach Kuschelsex ist. Und Carsten es einfach ausgiebig braucht.

Als Marco dann auf dem Rücken liegt, kriecht sein WG-Kumpel tiefer. Um dann ausgiebig, nicht wie bei dem Quicky im Fitnesstudio, Marco den Kolben zu lutschen.

Der Krimi wird nach der dritten Leiche richtig spannend, als Marco aufstöhnt.

„Dreh dich endlich, oder wart mal kurz.“ Er schiebt Carsten zur Seite, um im Bad zu verschwinden.

Nicht nur Poppers, sondern auch Kondome und Gleitcreme liegen dort. Als Marco mit vollen Händen zurückkommt, schaut Carsten ihn mit großen Augen an.

„Du weißt immer noch, was ich brauche.“

„Na das hoff ich doch.“

Marco schnüffelt an Poppers, bevor er Carsten die Flasche gibt.

In der 69ger Stellung verwöhnen sich die beiden dann.

Carsten wird dadurch noch schärfer. Die Aussicht auf einen Fick lässt ihn voll abfahren.

Und er braucht Marco nicht mehr lange zu bitten, ihm ordentlich die Kiste zu verwöhnen.

Wenig später schon vögelt sein WG-Partner ihn voll durch.

Mit nicht zu schnellen, aber tiefen Stößen lässt Marco ihn so richtig abgehen.

Carsten lässt sich völlig fallen. Die Nummer wird ihn wieder ins Leben zurück bringen. Er schaltet alle Gedanken aus, und fühlt nur noch Marcos Dicken in seiner Kiste.

Er fühlt bei jedem Stoß, wie Marcos Kolben tief in seinen Darm eindringt. Carsten stöhnt auf. Ganz bewusst wichst er sich nicht die Latte.

Sein Saft lässt auch so die Eichel anschwellen. So weit ist er schon.

Der Krimi ist längst zu Ende, als Marco beschleunigt.

„Wenn du deinen Schwanz nicht wichst, bin ich vor dir soweit", powert Marco.

Carsten lacht zu ihm hoch. Dann nimmt er seinen Kolben in die Hand. Und die Berührung reicht, um zu entsaften.

Dem erstaunten Marco spritzt er eine riesige Portion Sperma auf den Bauch.

„Scharf", nickt der und gibt Gas, bis auch er soweit ist.

Als Dennis die beiden am frühen Morgen zusammen schlafend auf dem Sofa vorfindet, wundert den überhaupt nichts mehr.

Ein geiler Sonntag

Der kommende Sonntag ist für die vier WG-Freunde mit unterschiedlichen Vorzeichen besetzt.

Alle vier sind früh auf, und mit Streit ums Bad beginnt der Tag.

Während Jochen unter der Dusche steht, bindet Marco sich vor dem großen Spiegel eine Krawatte.

„Was machst du denn? Anzug bei dem Wetter?"

„Ja, leider. Ich muss doch zu ner Familienfeier nach Düsseldorf. Runder Geburtstag. Ganz festlich."

„Du Ärmster. Ich habe um 12 Uhr einen Flug nach Hamburg. Patrick holt mich ab und dann haben wir 10 Stunden für uns."

Marco grinst.

„Ach, den gibt es auch noch? Na dann einen geilen Sonntag."

„Der Kaffee ist fertig", brüllt Dennis da ins Bad.

„Den brauch ich jetzt auch", rückt Marco seine Krawatte zurecht.

„Wieso ist der Kleine denn schon wach?", springt Jochen aus der Dusche.

„Keine Ahnung. Sicher ein neuer Job."

So ist es dann auch.

Stolz erzählt Dennis beim Frühstück, dass er nun, dank Marcos Beziehungen, einen Job beim WDR bekommen hat.

„Ich bin da für die Technik bei großen Veranstaltungen zuständig. Okay, ich darf beim Auf- und Abbau helfen. Nichts besonderes, aber regelmäßig."

„Und deine Callboy Karriere?" Carsten wundert sich.

„Du, ich weiß nicht. Ich glaub, das ist doch nicht das Richtige für mich."

Seine WG-Freunde lachen.

Dann ist Aufbruchstimmung.

Marco braust mit dem Auto Richtung Düsseldorf. Jochen fährt mit der Bahn zum Flughafen und Dennis läuft über den Rudolfplatz Richtung Domplatte.

Nur Carsten beseitigt erst einmal die Reste des Frühstücks.

Da sich die Sonne am frühen Mittag häufiger verzieht, macht Carsten sich um eins auf den Weg zum Dom.

Am Rheinufer ist ein großer Trödelmarkt, auf dem er sich auf die Suche nach einigen Autos machen will. Im Kleinformat, versteht sich. Sein großes Hobby. Und auf dem Trödelmarkt gleich an der Rheinpromenade wird er fündig.

Carsten ist bester Laune, bis ihm Dave mit einem Typen entgegen kommt.

Carsten schluckt. Na der hat sich ja schnell getröstet, durchzuckt es ihn. Dennoch zwingt er sich zu einem Lächeln, als er, Hallo sagend, an den beiden vorbei geht.

Dave erwidert den Gruß und Carsten kann förmlich spüren, wie sein Ex mit dem Typ über ihn spricht.

Carsten atmet tief durch, eh er seine Schritte beschleunigt. Entschlossen widmet er sich dann seinen Autos.

An einem riesigen Stand mit 1000 verschiedenen Sachen wird er erneut fündig. Besonders eine Autoserie aus den Überraschungseiern vor Jahren hat es ihm angetan.

„Die sind zu teuer. Die bekommst du anderswo viel günstiger", gibt ihm plötzlich jemand einen Schubs.

Zur gleichen Zeit sitzt Marco in einem noblen Lokal, außerhalb Düsseldorfs, im hellen Anzug, unter lauter Verwandten.

Einziger Lichtblick ist ein entfernter Cousin, den er schon mit 16 geil fand. Und den er immer noch so geil findet, dass er den Ständer in seinem Calvin Klein Slip zurrecht rücken muss.

Weniger gut hat es Dennis. Für die WDR Schlagergala in Oberhausen darf er jede Menge technische Geräte in die Arena schleppen.

Gemeinsam mit noch drei Studenten ist die Sache bei 30 Grad im Schatten reichlich schweißtreibend. Die jungen Männer haben nur noch Shorts oder kurze Jeans an. Trotzdem läuft ihnen der Schweiß aus allen Poren.

Mario, der zuständige Leiter, erscheint, als sie fast fertig sind.

„Super, Leute. Wir liegen gut in der Zeit. Unten in den Kabinen sind Duschen. Danach habt ihr Leerlauf. Ab drei bis um acht brauch ich jeweils einen von euch hinter der Bühne. Und dann heut Abend wieder alle zum Abbau. Aber da ist es dann ja nicht mehr so warm. Essen könnt ihr im VIP Bereich hinter der Bühne. Viel Spaß."

Nach der Dusche, in weißem Hemd und engen Blue Jeans, kommt Dennis sich im VIP Bereich hinter der Bühne etwas fremd vor. Die Atmosphäre gefällt ihm aber, zudem er mehrere heiße Typen sieht.

Auch einige der Schlagersänger gefallen ihm. Besonders Leonard, den Dennis schon auf dem CSD bewundern und hören durfte. Der Schlagersänger trägt enge weiße Hosen und ein schwarzes, glänzendes

Muskelshirt. Dennis findet ihn voll scharf und würde sich von dem Sänger liebend gern bearbeiten lassen.

Noch ein weiterer Kerl fällt ihm auf. Ein Macho Typ, und wie Dennis in Erfahrung bringt, aus dem Management eines Musikverlages.

Am Buffet stoßen sie beim Essen fast zusammen.

Auch in Hamburg scheint die Sonne.

Jochen bummelt mit Patrick den Jungfernstieg runter, an die Alster. In einem kleinen Eiscafe machen sie Pause.

„Du, Patrick, ich bin echt froh, dich wieder zu sehen."

„Dito. Außerdem hab ich Druck in der Hose."

„Du Sau."

„18 Tage ohne dich. Ohne Sex. Geht es dir etwa anders?" Patrick lutscht an seinem Spagetti Eis und schaut Jochen an.

„Nein, genau so." Wobei Jochen an die verdammt heiße Nacht mit Oliver, eine Woche zuvor, denkt.

Wenn Patrick das wüsste. Dann wäre er ihn sicher los. Dabei ist er wirklich verliebt in Patrick. Und wild auf Sex mit ihm. Am liebsten würde er ihn nun abknutschen. Jochen spielt mit Patricks Hand. Scharf werdend, sieht er ihn an. „Du, ich bin voll rattig", blickt er seinem Lover tief in die Augen.

Der winkt nach dem Kellner. „Dann sollten wir etwas dagegen tun. Jetzt gleich." Er zahlt und zieht Jochen dann mit sich fort, an die Alster.

Als sie 20 Minuten später Patricks Wohnung erreichen, gibt es kein Halten mehr. Beide fallen wie ausgehungerte Wölfe übereinander her. Nackt und schweißgebadet vögelt Patrick seinen Lover durch, bis dieser ihm eine extrem dicke Portion Sperma auf den Bauch spritzt.

Fast gleichzeitig erlebt auch Patrick einen irren Orgasmus.

Danach kuschelt er sich an seinen Lover und streichelt ihm zärtlich über den Bauch.

„Du, ich hab mich echt in dich verliebt."

„Ich mich auch in dich. Patrick, wirklich. Nur sehen wir uns so selten. Wie soll oder kann das weiter gehen?"

„Schauen wir mal. Oder meinst du, du brauchst öfter Sex?"

Jochen denkt an Oliver und die geile Nummer am Rhein und im Hotel. „Auch. Wenn wir uns so selten sehen, ich bin ja auch nur ein Mann."

„Hm. Das dachte ich mir schon. Also, ich will es nicht wissen, wenn du mal Sex ohne mich hast. Aber bitte keine Geschichten nebenbei. Wäre das eine Lösung?"

„Ich weiß nicht. Ich mag dich nicht betrügen, aber Wochen ohne Sex fallen mir schon schwer. Vielleicht hast du recht, schauen wir doch einfach mal."

Jochen spielt mit Patricks Schwanz und registriert begeistert, wie der Kolben seines Lovers schon wieder anschwillt. Jochen schaut auf die Uhr. Ihnen bleibt noch genug Zeit für eine weitere Runde.

Auf dem Trödelmarkt am Rheinufer dreht Carsten sich um. Neben ihm steht ein sicher 1,90 Meter großer Kerl. Mit fast kahl geschorenen Haaren und kurzen Armyhosen sieht er aus wie ein Bundeswehrsoldat auf Urlaub.

„Ach, findest du die Autos echt zu teuer?", fragt er den Kerl.

„Ja sicher. Ich sammel' die Teile, seit ich sechs bin. Hier, die bekommst du anderswo günstiger. Welche suchst du denn?" Der Macho schaut auf Carsten runter.

Der dreht sich nun ganz. Wenn wir in einer Sauna wären, wäre die Frage passender, denkt er dabei. „Aus dieser Serie hier noch einige Wagen", deutet er dann auf den Tisch.

„Die hab ich daheim. Auch noch doppelte. Zwei Euro das Stück für dich", verhandelt der Kerl da auch schon.

„Das ist ein Angebot. Hast du echt Doppelte aus der Serie?"

„Ja, fast die ganze Reihe. Wann hast du Zeit?"

Kurz entschlossen sitzt Carsten zehn Minuten später neben dem Typ in der Bahn Richtung Brück.

Am Arsch der Welt, denkt er dabei. Aber für seine Autosammlung macht er die Reise gerne. Zudem er mit dem Kerl, der sich als Frank vorstellt, ein Thema hat, was beide interessiert.

Autos ohne Ende.

Und die sehen sie sich dann in Franks Wohnung auf dem Europaring an. Die ganze Wohnung steht voll mit Regalen und Autos. Carsten ist total begeistert. Hin und weg durchstreift er die Wohnung.

Frank folgt ihm, wobei er eher Carsten, denn seine Autos mustert.

„Ich such dir jetzt die Serie raus, die du brauchst. Und dann schlag ich vor, trinken wir was Kaltes."

„Gute Idee. Wo soll ich hin?"

Carsten öffnet die Schlafzimmertür. „Ins Wohnzimmer. Da penn ich. Oder bist du müde?"

„Nein, natürlich nicht."

„Dann ist ja gut. Wobei ich im Bett nicht nur schlafe."

Carsten dreht sich zu Frank um. Abschätzend sieht er ihn an. „Stehst du auf Kerle?"

Frank verdreht die Augen. „Nicht nur. Aber gegen so was wie dich im Bett hätte ich nichts."

Mit großen Augen sieht Carsten den Kerl vor sich an. Dann öffnet er die Tür zum Schlafzimmer. Er hat Lust auf Sex. Auf diesen Macho, der ihm wortlos ins Schlafzimmer folgt.

Beide merken, wie ihre Geilheit steigt.

„Bist du bi?", geht Carsten auf den Autofreak zu.

„Wenn du so willst, ja, bin ich. Ich mag ab und zu einen Mann im Bett."

Carsten fühlt prüfend die Ausbuchtung in der Hose seines Gegenübers. Enorm, durchfährt es ihn. Er denkt voll Vorfreude an den kommenden Fick. „Wenn du magst, knall mich durch", zieht er Frank auf das hinter ihnen stehende Bett.

Dort erfährt er dann, wie geil der Bi-Typ küssen kann.

Total aufgelöst, bläst er etwas später dessen Schwanz, der ihm ausgezeichnet gefällt.

So geil, dass er kurz darauf auf seinem neuen Stecher reitet.

„Oh, Drecksau. Männer sind echt geiler im Bett. Jetzt bist du fällig." Frank schubst Carsten bei dem Fick zur Seite, springt förmlich auf ihn und hat seinen Hammer sofort wieder in Carstens willigem Loch.

Hengstmäßig besorgt er es dem Autosammler den halben Nachmittag.

Später, bei der versprochenen Cola, nun wirklich im Wohnzimmer, bekommt Carsten auch noch seine Autos.

„Du, wenn du magst, können wir das gern wiederholen", drückt Frank seinen Lümmel, nun nur in einem roten Slip, zurecht.

Carsten schaut sogleich darauf. „Gerne. Auch regelmäßig. Ich hätte nichts dagegen. Ich könnte zum Beispiel Mittwochabend wieder kommen."

Frank nickt. Auch er freut sich auf die Fortsetzung ihrer Rammelei.

Zurück in die Oberhausen Arena, wo Dennis am Buffet steht und mit dem knackigen Manager zusammen knallt.

„Entschuldigung. Tut mir leid", stottert Dennis.

„Mir auch. Ich hab nicht aufgepasst." Der Manager steht nun direkt neben Dennis. Wobei jetzt beinahe ihre Teller zusammen prallen.

„Du bist neu hier?", bleibt er fragend stehen.

Dennis lacht. „Ich bin Student. Und arbeite hier für den WDR."

„Ach so. Geiler Laden. Kommst du mit an einen der Stehtische? Roland übrigens."

„Angenehm. Dennis."

Fast verlegen schüttelt Dennis dem Manager die Hand. Dann folgt er ihm an einen der vielen Stehtische.

Wobei er sich nun noch mehr underdressed vorkommt.

Roland trägt einen eng geschnittenen, sicher sündhaft teuren, dunklen Seidenanzug. Das dazu passende Hemd hat er weit auf. Dezent blinken dazu sein Gürtel, die Goldkette und zwei Ringe.

Dennis überlegt noch, ob er den Typen siezen muss, als die beiden auch schon in ein Gespräch vertieft sind.

Roland hat ein Appartement in Köln und Berlin. Beim WDR

kennt er sich aus. Ebenso in der Szene, wie er Dennis preisgibt.

„Die Hälfte hier in der Branche steht doch eh auf Jungs. Offiziell oder inoffiziell. Da kommst du Schnuckel grad recht. Hast du einen Freund?“

„Nein, du?“ Dennis schaut Roland an. Gleichzeitig riecht er dessen Duschgel. Sicher nicht billig, denkt er. Und Roland hat garantiert darin gebadet. Und so einen Seidenanzug hätte Dennis auch gerne. Überhaupt gefällt ihm der 15 Jahre ältere Mann. Ein Kerl, der ihn halt schwach macht.

Beide beginnen sie, miteinander zu flirten.

Später, als Leonard singt, stehen sie seitlich neben der Bühne im Halbdunkel.

Beide schunkeln sie mit, wobei Roland sich von hinten mehrfach an Dennis drückt. Der fühlt den Körper des Managers und ihm wird heiß.

„Du Sweety, ich find dich echt süß”, flüstert Roland ihm da ins Ohr. Gleichzeitig presst der Manager sich noch fester an Dennis.

Der Student glaubt, durch die Seidenhose Rolands Schwanz zu spüren. Ihm wird noch heißer. Gleichzeitig drückt er aber seinen Hintern gegen den Körper des Managers.

„Komm mal kurz mit“, flüstert der ihm ins Ohr. Dann geht Roland voran, quer durch den VIP-Bereich, an zahlreichen Kabinen vorbei, durch verschiedene Gänge.

Die Musik wird leiser, als Roland Dennis in einen kleinen Raum führt.

„Hier haben wir kurz Ruhe“, drückt er sich dann erneut an Dennis. Heftig atmend knutscht er nun den Kleinen ab. Dem ist das nur recht. Endlich kann er mit dem Manager auf Tuchfühlung gehen. Durch die Seidenhose drückt er dessen mächtigen Bolzen. Gerne würde er den im Mund oder noch besser im Loch haben.

„Puh, scharf, Kleiner”, lässt Roland da von ihm ab. Er befreit sich von seinem Sakko und öffnet Dennis’ Gürtel, dann die Knöpfe der eh viel zu engen Jeans. Unter dem knappen weißen Slip pocht Dennis’ bestes Stück. Roland krault ihm die Eier, eh er den Slip runter zieht.

„Lecker“, drückt er seinen eigenen Bolzen in der dünnen Hose grade, eh er mit der Zunge über Dennis’ Oberschenkel leckt. Dann lutscht er dem Kleinen die Eier, die Eichel, eh sein Mund Dennis’ bestes Stück in sich aufnimmt.

Dennis stöhnt immer lauter, als Roland zum Blasen übergeht.

„Hey, du singst ja lauter als Leo auf der Bühne“, erhebt Roland sich.

„Der wird auch grad nicht so geil verwöhnt. Aber jetzt bist du dran.“

Und überhaupt nicht mehr schüchtern, macht er sich an Rolands Gürtel zu schaffen. Unter der Hose trägt der Manager einen schwarzen, durchsichtigen Slip.

Dennis haucht seinen Atem auf Rolands Kolben, eh er ihn mit den Zähnen bearbeitet.

Auch Roland stöhnt immer lauter, bis er Dennis von sich zieht.

Wie eine Sprungfeder flutscht dabei sein Schwanz aus dessen Mund.

„Hey, Sweety, wenn du weiter so machst, bin ich gleich soweit. Lass mich lieber noch einmal.“

Entspannt lehnt Dennis sich zurück. Wobei sein Kolben hart wie Blei ist. Das hätte er sich auch nicht träumen lassen. Ein genialer Blowjob mit dem geilen Manager.

Der bläst irre scharf, wichst sich dabei die Rute und gibt Dennis zu verstehen, dass der Spaß bald vorbei ist.

„Oha, ja”, hört Roland da auf und brüllt auch schon los.

Dennis sieht runter. Er schaut zu, wie Roland im Knien abspritzt. Gleichzeitig wichst er sich den Schwanz, und fast stolz, spritzt er an Roland vorbei, ebenfalls ab.

„Puh ja, geil.“

„Ja, Sweety. Hast du Tempos?“

„Nein. Warte, hier liegen Lappen.“

Beide wischen sie sich trocken.

„Sweety, das bleibt aber bitte unter uns. Hast du ein Handy?“

„Klar. Soll ich dir meine Nummer geben?“

„Gute Idee. Grad das war eh nur ein Vorspiel. Dich will ich bald, sehr bald, in Ruhe und im Bett erleben."

Und mit einem weiteren langen Kuss beginnt für Dennis eine neue Affäre.

Kurz darauf sind die beiden wieder im VIP Bereich.

Während seine drei WG-Freunde sich durch den Tag vögeln, genießt Marco das üppige Menü auf der Familienfeier.

Nachdem er sich um vier noch mit Kuchen voll gefressen hat, wirft er einen letzten sehnsüchtigen Blick auf seinen geilen Cousin, dann macht er sich auf den Heimweg.

Bevor er ins Auto steigt, entledigt er sich seiner Krawatte. Dann geht es über die A3 Richtung Köln.

In Gedanken sieht er noch den entfernten Cousin vor sich. Als sein Schwanz hart wird und gegen die Anzughose drückt, fährt er am Cruisingparkplatz, gleich hinter Leverkusen, vorbei.

Da die Sonne auch nach siebzehn Uhr noch erbarmungslos vom Himmel scheint, nimmt er die nächste Autobahnabfahrt, um zu wenden.

Zurück, Richtung Leverkusen.

Davor der Parkplatz ist auf beiden Seiten Cruisinggebiet, ein kleiner Wald führt zu einem kleinen See. Jede Menge Autos verraten Marco, dass sicher genug andere Kerle am Ufer liegen.

Der Anzug landet auf dem Rücksitz. Nur in einer blauen Adidas Bundeswehrshorts und Sneakers schnappt Marco im Kofferraum noch nach einem Handtuch, zwei Kondomen und einem Poppersfläschchen.

Dann ist er auch schon auf dem Weg durch den Wald zu dem See dahinter.

Einige ältere Gestalten tummeln sich zwischen den Bäumen. Doch Marco ist nach Baden, nach Sex und Sonne!

Hinter dem Wald liegt schließlich der See. Über einen Trampelpfad geht es nach unten zu einer Halbinsel, auf der man sich in der Sonne aalen kann.

Die Typen, die hier liegen, sind jung, knackig und geil, wie Marco mit Kennerblick feststellt. Fast am Wasser breitet er sein Handtuch aus, eh er sich in den See stürzt.

Tut das gut, denkt er beim Schwimmen. Jetzt noch ein wenig Sonne auf der Haut, und dann ein geiler Typ im Wald.

Marco blickt nach der Runde im Wasser zu den anderen Jungs rüber, eh er sich, nun in den nassen Adi Shorts, auf seinem Badelaken niederlässt.

Doch auch er wird von den Kerlen am Wasser beobachtet.

Neun Jungs liegen auf der Landzunge und lassen sich von der Sonne brutzeln.

Eine halbe Stunde später ist Marcos Shorts trocken. Genießerisch streckt er sich den Sonnenstrahlen entgegen, eh er sich über die getrockneten Shorts streichelt.

Nach und nach schaut er sich wenig später das übrige Publikum an.

Fast alle haben Badehose oder Shorts an, sind unter 40 und gut aussehend.

Dunkel, blond, behaart und unbehaart. Die ganze Palette, denkt Marco zufrieden.

Sicher wird der eine oder andere sich später im Wald verirren, um ein wenig Spaß zu haben.

Ihm am nächsten liegt ein dunkelblonder Typ, Anfang 20, in weißen, fast durchsichtigen Badehosen. Der Kontrast zu seinem gebräunten Körper gefällt Marco. Die Ausbuchtung in der Badehose ist vielversprechend und der Arsch so richtig zum reinbeißen, oder besser durchficken.

Marco spürt seine aufsteigende Geilheit, die ihn langsam immer mehr befällt.

Er überlegt grade, zum cruisen im Wald zu verschwinden, als der Typ in der weißen Badehose sich aufsetzt, und ihn anquatscht.

„Hey, bist du öfter im Corner?“

„Bin ich. Warum?“ Auch Marco setzt sich auf.

„Nur so. Ich hab dich da schön öfter gesehen.“

„Ach! Ich dich leider nicht.“ Marco leckt sich dabei mit der Zunge über die Lippen. Der blonde Typ gefällt ihm.

„Du hattest da dummerweise auch nie einen Blick für mich übrig“, lacht sein Gegenüber und spreizt die Beine.

Marco blickt ganz bewusst auf die weiße Badehose.

„Vielleicht hattest du ja auch zuviel an“, lächelt Marco sein schönstes Zahnpastalächeln.

„Okay. Kann sein. Mir hast du auch mit Klamotten gefallen. Aber ohne natürlich auch.“

Die beiden flirten wie zwei Profis. Wobei beide wissen, was sie wollen.

„Und du gefällst mir in der Badehose. Hast du einen Namen?“

„Maurice. Und wer bist du, schöner Mann?“

„Marco.“ Dabei wird der Blick des WG-Bewohners immer bohrender. Er mag es, angemacht zu werden.

„Liegt da Poppers?“, schaut Maurice plötzlich auf die Utensilien auf Marcos Handtuch.

„Ja. Hast du Bock mitzukommen?“ Marco deutet nach oben, Richtung Wald.

„Mit dir sofort. Aber lass uns noch hier bleiben. Ich komm rüber.“ Maurice packt seine Sachen, um sich neben Marco nieder zu lassen. Aus nächster Nähe gefällt dem der Kleine noch besser. Sicher kaum Anfang 20, aber schon ein echt verdorbenes Früchtchen.

Der Kleine wuschelt wie nebenbei in Marcos gestutzten Brusthaaren, eh er ihm über die Brustwarzen leckt.

Marco entspannt sich. Alle Viere von sich gestreckt, lässt er den Kleinen nur zu gerne machen.

Als Maurice ihm dann über die Lippen leckt, öffnet Marco seine, um die fremde Zunge in seinen Mund zu lassen.

Ein Fehler, denn der Sweety geht nun richtig ran. Er schwingt sich auf Marco und küsst, als hätte er schon mit 15 nichts anderes gemacht.

Marco ist total begeistert. Mit der linken Hand zieht er den Kleinen auf sich, mit der rechten Hand packt er auf die weiße Badehose.

Der knackige Hintern darunter gefällt ihm. Ja, er macht ihn tierisch an. Und da Maurices Schwanz sich hart gegen sein eigenes Teil drückt, ist Marco sich sicher, dass sein Opfer genau so scharf ist, wie er selber.

„Du bist voll mein Fall“, flüstert der Kleine ihm ewig später ins Ohr.

„Dito. Aber das merkst du sicher grad.“ Marco presst sein Rohr noch fester gegen Maurices Körper.

„Ja, nicht zu verachten. Und der ist sicher auch nicht zu übersehen.“

Damit richtet Maurice sich auf, um Marcos harten Schwanz aus den engen Adidas Shorts zu ziehen.

Mit festen Handgriffen wichst er das Teil noch härter.

„Hey. Hier?“

Marco blickt sich um. Mindestens vier Typen schauen rüber.

„Keep cool, hier. Warte.“

Maurice schnappt sich die Popperflasche, schnüffelt dran, und reicht sie dann an Marco weiter, eh er sich über dessen Kolben beugt.

Etwas unschlüssig schnuppert auch Marco an dem Fläschchen. Damit siegt seine Geilheit.

Zudem ihm Maurice einen Blowjob de Luxe verabreicht. Marco stöhnt auf. Total rattig bugsiert er den Sweety in die 69ger Stellung, um ihm die weiße Badehose ein wenig tiefer zu ziehen. Maurices Schwanz flutscht ihm automatisch ins Maul.

Dass nun sieben Typen zuschauen, ist ihm egal. Maurice ebenfalls, denn er bläst und leckt wie besessen.

Als sie nach zehn Minuten die Stellung wechseln und ihre Hosen ganz ausziehen, stehen fünf Kerle um sie herum und keulen sich die Latten.

Marco schluckt, als Maurice ihm erneut das Poppers unter die Nase hält.

Vor so vielen Zuschauern hat er es noch nie mit einem Typen getrieben. Marco lächelt dann aber doch in die Runde, eh er sich völlig enthemmt auf Maurice stürzt. Nur gut, dass er keinen der Jungs kennt.

Als er sich nach einer weiteren Blasaktion Maurices Zäpfchen nähert, spürt er, dass sein Sweety auf einen Fick aus ist. Und dass Maurice die Zuschauer total egal sind.

Als er dem Kleinen zwei Finger ins Loch schiebt, schnurrt der nur noch lauter.

„Gummis hast du eh schon hier liegen", streckt Maurice seine Hände auf der Decke aus.

„Hier?", flüstert Marco erneut. Er kann es kaum fassen.

Inzwischen stehen alle sieben Kerle um ihre Decke und wichsen sich, teilweise auch gegenseitig, die Stangen.

Marco nimmt Maurice das Kondom aus der Hand. Er ist nun eh viel zu scharf, um noch aufhören zu können oder wollen.

Ohne die Zuschauer noch eines weiteren Blickes zu würdigen, zieht Marco sich das Kondom über seinen harten Schwanz.

Maurice aber lächelt zu den wichsenden Männern hoch.

Immer noch wichsen sich einige gegenseitig die Latten, als Marco seinen Schwanz gegen Maurices Arsch schlägt.

„Nimm noch mal Poppers", zwinkert er Maurice zu, um dann mit seiner Eichel anzusetzen.

Doch Maurice schüttelt den Kopf.

„Später. Erst einmal will ich dich so fühlen."

„Das wirst du jetzt", schiebt Marco ihm dann mit zwei Stößen sein Teil rein.

Maurice gurrt und lehnt sich weit zurück. Nur seine Beine streckt er Richtung Himmel, so dass Marco ihn richtig gut durchficken kann.

Was der dann auch macht, bis ihm der Schweiß aus allen Poren läuft. Noch dazu die Sonne im Rücken und die stöhnenden Kerle um ihn herum. Nicht zu vergessen Maurices enge Kiste, die ihn auf 180 bringt.

„Ja. Du, das machst du irre. Jetzt." Maurice schiebt Marco das Poppersfläschchen unter die Nase, schnüffelt selber dran, um dann aufzujaulen. Er wichst sich den Schwanz immer fester und stöhnt megageil. Den drumherum stehenden Kerlen gefällt das.

Er macht sie so rattig, dass einer der Männer noch vor den Darstellern kommt. Im hohen Bogen spritzt die Sahne des Typen Richtung Wasser.

Die übrigen sechs jaulen auf, während Marco weiter ackert.

Wie wild vögelt er den Sweety unter dem Johlen und Stöhnen der Zuschauer durch.

Noch einmal schnüffeln beide am Poppers, eh sie ihren Fick noch weiter steigern.

Auch bei den umstehenden Jungs wächst die Geilheit. Zwei schnüffeln ebenfalls an einer Poppersflasche, einer bläst seinem Nachbarn die Rute, zwei knutschen und alle wichsen oder lassen sich den Kolben wichsen.

Mit lautem Schrei schiebt Marco seinen Dicken schneller und schneller in Maurices Kiste. Die beiden verstehen dabei auf Anhieb, wie sie den Partner noch weiter aufheizen können.

Maurice wichst und wichst, bis Marco aufbrüllt.

„Oh, ja … ja. Jetzt, Baby, jetzt."

Hemmungslos schreit Marco bei seinem Orgasmus los. Während Maurice ein letztes Mal durchgeschüttelt wird, schießt er seine Sahne ans Freie.

Um sie herum rotzen fünf weitere Typen ab.

„Ich glaub, der Spaß ist vorbei", grinst Marco, als er auf den Spermasee auf Maurices Bauch sieht.

Die Jungs lachen und verziehen sich wieder auf ihre Decken.

„Gehen wir ins Wasser", verschmiert Maurice seine Sahne mit der Hand auf dem Bauch.

„Gute Idee. Mir ist immer noch verdammt heiß", springt Marco auf.

Nach 19 Uhr macht Marco sich auf den Heimweg.

Quer durch den Wald Richtung Auto.

„Hey, warte mal", hört er da plötzlich eine Stimme hinter sich. Als er sich umdreht, steht Maurice vor ihm.

„Du, ich wollte dir noch tschüss sagen, und?"

„Und?" Marco schaut den Sunnyboy, in dessen kurzen roten Shorts, an.

„Ich dachte: Hm, magst du mich wieder sehen?" Fast verlegen

schaut Maurice Marco an.

Der grinst. „Klar. Gern sogar. Ich dachte halt, du wärst nur auf eine Runde Sex am See aus."

„Mit dir? Eher auf mehr."

„Okay. Kommst du mit zum Auto? Dann tauschen wir Nummern."

„Super. Fährst du nach Köln?"

„Ja, nach Hause. Wie bist du denn hier?" Marco lehnt sich an einen Baumstamm.

„Mit einem Bekannten. Ich studier in Köln. Da hab ich ihn an der Uni kennen gelernt. Der ist aber schon weg."

„Und wie kommst du heim?" Marco schaut Maurice an.

„Irgendwer nimmt mich schon mit. Hier sind ja die meisten aus Köln. Wenn ich Glück hab, hast du ja noch Platz?"

„Für dich immer. Wo sind deine Sachen?"

„Noch am Wasser. Wartest du kurz?"

„Sicher. Du machst mich eh schwach."

Maurice lacht.

Fünf Minuten später sitzt er neben seinem neuen Schwarm in dessen Auto auf der A3 Richtung Köln.

Auf der Deutzer Brücke fragt Marco dann seine neueste Eroberung, wo es denn hingehen soll.

„Hey, wo wohnst du überhaupt?"

„In Zollstock. Bremsstraße. Ich erklär dir den Weg. In einem großen Kasten mit vielen Appartements, ist nicht weit von da bis zur Uni. Ich zeig dir gleich meine Wohnung. Hast du Zeit?"

„Wenn du eine Dusche hast."

„Die hab ich. Sogar eine Badewanne."

„Das hört sich ja gut an. Ich bin total verschwitzt."

„Da passen wir sogar zusammen rein." Maurice krault Marco über die Oberschenkel, bis dessen Schwanz zu neuem Leben erwacht.

„Du bist mir ja einer. Okay, baden wir."

Um 20 Uhr stehen die beiden auf Maurices Balkon mit Blick in einen kleinen Park.

Das Appartement mit separatem Schlafraum, Küchenzeile und einer großen Wanne im Bad gefällt Marco.

Zudem es gemütlich eingerichtet ist. Als Marco sich umdreht, kommt Maurice aus dem Badezimmer. Nackt.

„Die Wanne läuft grad voll Wasser. Kommst du mit?"

Verführerisch schaut der Kleine ihn an.

Fast automatisch beult Marco die Adidas Shorts, der er sich dann noch auf dem Weg ins Bad entledigt. Als er im Badezimmer ankommt, sitzt Maurice schon in der Wanne.

Marcos Schwanz wippt ihm entgegen.

„Du hast schon wieder Lust? Gib es ruhig zu."

Maurice lacht, eh er mit der linken Hand nach Marcos Riemen schnappt.

Sein neuer Sexpartner stellt sich vor die Wanne, um dann erneut Maurices Zunge auf seiner Eichel zu fühlen.

Dennis sitzt um 21 Uhr im WDR Transporter Richtung Köln. Zurück vom Konzert in Oberhausen, bekommt er beim Ausladen eine SMS von Roland.

Hallo, Kleiner. Ich hätte Bock, dich heut noch zu sehen. Hast du Lust? Roland

Da Dennis der Fick vom Mittag eh zu kurz war und er Roland schweinegeil findet, zögert er mit der Antwort keine fünf Sekunden.

Um 22 Uhr marschiert er über den Alter Markt in eine kleine Gasse zum Millowitsch Denkmal.

Hier, mit Blick auf den kleinen Innenhof, residiert Roland in einem luxuriösen Appartement.

So zumindest empfindet es Dennis, als er die kleine Wohnung betritt. Wobei ihm nicht viel Zeit bleibt, um sich die Einrichtung näher an zu sehen.

Roland begrüßt ihn, nur in einem weißen Calvin Klein Slip, und er zieht Dennis ohne Umstände ins Schlafzimmer.

„Hallo, Süßer. Geil, dich so schnell wieder zu sehen."

„Dich auch. Du bist nett."

„Und du eine geile Ratte. Ich bin voll scharf drauf, dich jetzt in Ruhe zu vernaschen."

Roland zieht Dennis noch vor dem Bett dessen Shirt aus, eh er sich an Dennis' Jeans zu schaffen macht.

Ehe der Kleine sich versieht, liegt er auch schon nackt auf Rolands Bett. Der Manager leckt ihm über den Body, bevor er sein Opfer auf den Bauch legt. Mit weit raushängender Zunge leckt er nun über die beiden unbehaarten knackigen Arschbacken.

Dennis' Kiste reizt ihn noch stärker, als schon am Nachmittag.

Carsten, auf dem Heimweg von Frank, fährt grad mit der Linie 9 am Heumarkt vorbei, wo er Dennis beinahe hören müsste.

Roland vögelt den Kleinen an dem Abend nach allen Regeln der Kunst durch. Mit diversen Stellungswechseln holt er alles aus dem Sweety raus.

Dreimal spritzt ihm Dennis das Bett voll, während Roland sich zweimal in dem Studenten entlädt, eh sie beide vollkommen erschöpft auf dem nassen Bett einschlafen.

Auch Marco ist mit Maurice nach dem Baden im Bett gelandet, wo er seinen Verehrer, diesmal allerdings ohne Zuschauer, noch einmal rannnimmt. Danach futtern sie eine Pizza, eh auch die zwei zusammen einschlafen.

Richtig durchgevögelt fliegt in der Nacht, mit zwei Stunden Verspätung, Jochen von Hamburg heim, Richtung Köln.

Und so kommt es, dass Carsten an dem Abend allein in der großen Wohnung ist. Was ihn überrascht, aber nur recht ist.

So kann er endlich in Ruhe seine Lieblingsmusik in voller Lautstärke quer durch alle Räume hören und dabei relaxen.

Zusammentreffen

Als Carsten am nächsten Morgen wach wird, und er sich für den Dienst im Krankenhaus fertig macht, stellt er fest, dass zumindest Jochen in seinem Bett liegt.

Abends sitzt das Quartett dann vereint auf der geräumigen Dachterrasse. Jochen hat ein Fass Kölsch organisiert, welches nun brüderlich geteilt wird. Für jeden drei Liter.

„Machen wir denn diesen Sommer noch ne Grillfete?", fällt Carsten da ein.

„Fete?", staunt Dennis.

Jochen füllt die Gläser nach und lacht.

„Ja, Kleiner. Wir haben hier bisher jeden Sommer eine Party gemacht. Kam immer gut. Außerdem lernt man da neue Typen kennen."

„Ach", lacht auch Marco.

„Kommen Oliver und Patrick dann beide? Oder noch wer Neues?"

„Idiot", funkelt Jochen zurück.

Wobei, denkt er, das wäre sicher die Krönung. Aber schlecht machbar. Wobei Oliver schon am Donnerstag wieder in Köln sein wird. Jochen schaudert. Allein der Gedanke sorgt schon für Leben in seinen Bermudas Shorts.

„Okay, also grillen wir?", hakt Jochen nach, um auf andere Gedanken zu kommen.

„Was sagt denn die Haushaltskasse?" Carsten schaut in die Runde.

„Die ist voll. Außerdem wird das auch nicht so teuer. Also wann? Was haltet ihr von Samstag in einer Woche? Am 15. August." Marco schnappt nach dem letzten Mettbrötchen.

„Ja, geil. Und wer kommt da?" Dennis ist begeistert.

Für eine Party ist er immer zu haben.

Jochen holt derweil schon einen Block, um zu organisieren und eine Gästeliste vorzubereiten.

Und während das Kölschfass geleert wird, planen die vier eine super geile Sommerparty.

Die kommende Woche ist dann mit Planung und Arbeit für die Freunde ziemlich voll gepackt. Wobei Jochen dann donnerstags Oliver wieder trifft. Prompt landen beide erneut im Hotelbett, eh Jochen dann am Wochenende drauf wieder bei Patrick in Hamburg ist.

Marco amüsiert sich in der Woche mehrfach mit Maurice, seinem neuen Sweety.

Und Carsten zeigt Frank bei dessen Besuch nicht nur seine Autosammlung.

Nur Dennis bekommt von Roland eine Abfuhr. Sein Manager ist leider nur auf einen gelegentlichen weiteren Zufallsfick aus.

Dennis nimmt es gelassen.

Stattdessen studiert er am Samstag, eine Woche vor der geplanten Grillparty, die neue Rik.

Marco aalt sich neben ihm im Liegestuhl.

Dennis schaut öfters zu seinem WG-Partner rüber. So wie Marco da in seiner knapp sitzenden schwarzen Badehose liegt, braungebrannt und geil behaart, hat er es Dennis immer noch total angetan. Sprich, er macht den Kleinen tierisch geil.

Der Student denkt an Roland und daran, wie scharf er bei maskulinen Hengsten wird.

Marco dreht sich auf den Bauch.

„Du, Dennis, schmierst du mir gleich bitte mal den Rücken ein?“

„Immer doch. Sonst ist ja auch keiner da.“

„Ja, Jochen ist in Hamburg und Carsten im Krankenhaus zum Dienst.“

„Quatsch, der hat Nachtdienst. Der liegt jetzt am Aachener Weiher.“

„Die Schlampe.“ Marco lacht. „Und cremst du mir nun den

Rücken ein?“

„Was immer du willst. Das weißt du doch.“ Dennis schleudert die Rik in die Ecke, eh er sich auf Marcos Po setzt. Mit kräftigen Bewegungen massiert er ihm dann mit viel Öl den Rücken ein.

„Or, tut das gut. Das kannst du ewig machen.“ Marco jault auf.

„Das glaub ich. Aber dich massier ich ja auch total gern ein.“

Dennis wird langsam rattig, als er, nur in kurzen Shorts, auf seiner Lieblingswichsvorlage sitzt. Wobei sein Kolben dabei fast automatisch hart wird, als er tiefer rutscht.

„Die Füße auch? “, erhebt Dennis sich.

„Aber sehr gern doch“, spreizt Marco seine Beine noch weiter und Dennis wirft einen bewundernden Blick auf den knackigen Hintern, der sich nun unter der Badehose spannt.

Dennis wird immer schärfer, während er Marcos Oberschenkel bearbeitet. Zu gerne würde er dem Macho die Badehose runter ziehen und ihm das Loch lecken. Oder mit seinem Kolben kurz eintauchen. Dennis wird total wild darauf, den Hengst zu bearbeiten. Doch er beherrscht sich, auch als er mit einem Daumen unter die Badehose fährt.

Auch Marco fängt die Sache an, zu gefallen. Bei der Massage beginnt er zu schnurren.

So relaxed wie ich grad bin, könnte der Kleine mich jetzt echt knallen, denkt Marco.

Auch sein Kolben fängt bei dem Gedanken an zu wachsen.

„Du“, flüstert Dennis, als seine rechte Hand sich in Marcos linke Pobacke fest krallt.

„Hm“, spreizt der die Beine noch weiter.

Da plötzlich hören sie Geräusche an der Wohnungstür.

„Hallo, Leute. Ich habe Besuch mitgebracht.“

„Carsten“, brummt Marco.

Dabei dreht er sich um. Dennis schaut auf Marcos Beule in der Badehose.

Und auch Marco erblickt die Ausbuchtung in Dennis’ Shorts. Beide grinsen sich an und wissen, beinahe hätten sie zusammen reichlich

Spaß gehabt.

In dem Augenblick kommt Carsten mit zwei Freunden auf die Terrasse. Seine WG-Partner fassen sich, um kurz darauf zu fünft beim Kaffee zusammen zu hocken.

Nachdem um 20 Uhr der Besuch verschwunden ist, hocken die drei beim Sonnenuntergang immer noch auf der Terrasse.

„Ich werde gleich mal langsam. Hab Nachtdienst. Was macht ihr denn heut noch?“

Dennis schnappt erneut nach der Rik.

„In Deutz ist Heroes. Das könnte geil werden.“

„Abdancen. Die Idee ist nicht schlecht.“ Marco nickt mit dem Kopf.

„Du kommst mit?“ Dennis schaut den WG-Partner überrascht und erfreut an.

„Wenn ich dir als Begleitung nicht zu alt bin“, lacht Marco.

„Die 30 rückt ja näher.“

„Jochen noch vor dir im November. Du doch erst in 2 Jahren. Okay Kinder, ich bin mal unter der Dusche.“ Carsten steht auf, um in die Wohnung zu gehen.

„Dann lass uns um 10 ins Corner vorglühen und dann um 23 Uhr mit dem Bus rüber nach Deutz.“ Auch Marco erhebt sich.

„Gerne. Ich steig nach Carsten in die Wanne.“

Und so steht Marco um 21 Uhr vor dem Kleiderschrank.

Höchste Zeit zum Entrümpeln, überlegt er dabei. Nur ist da wieder einmal keine Zeit für da.

Dennis hat es da einfacher. Seine ausgeblichenen Löcher-Jeans, ein rotes Muskelshirt, weißer Gürtel und die neuen hellen Sneakers. Fertig. Einen Slip trägt er unter den Jeans eh nie.

Auch Marco hat sich für ein klassisches Outfit entschieden. Zum weißen Underwearhemd trägt er dünne, schwarze, glänzende Hosen, die wie Lederhosen aussehen.

Dazu einen weißen Retro Slip, einen silbernen Ring und schwarze Schuhe. Wobei der Slip deutlich zu erkennen ist, wenn das Shirt hoch rutscht.

Im Spiegel gefällt er sich extrem gut und als er Dennis im Flur trifft, ist auch der von dem Anblick begeistert.

„Wow. Wie machst du das nur, dass du immer so scharf aussiehst?“

„Heut nur für dich.“ Marco drückt Dennis kurz an sich.

„Aber du schaust ja auch verdammt heiß aus.“

Dennis merkt, dass er schon wieder scharf wird.

„Ja. Danke. Dann können wir gehen, oder?“

Nach zwei Kölsch im Corner geht es dann nach 23 Uhr ins Heroes auf die andere Rheinseite.

Dort ist nach Mitternacht Abdancen angesagt.

Und auf der Tanzfläche kommen sich Dennis und Marco erneut näher.

Sprich ihre Hosen haben öfter Kontakt. Wobei Marco den Studenten an dem Abend besonders sexy findet. Und Dennis ist auf seinen WG-Freund immer schon scharf gewesen.

„Hot. Trinken wir zur Abwechslung noch was?“ Marco holt tief Luft.

„Immer. Geiles Publikum heut, was?“

Marco sieht sich um, als sie die Tanzfläche verlassen. Dennis hat recht.

„Stimmt. Lauter geile Jungs. Und wir mitten drin. Komm mit.“ Er zieht Dennis zur Theke.

Nur zu gern folgt der Kleine, um sich dort das achte Kölsch einzuverleiben.

Als beide relaxed an der Theke stehen, erblickt Dennis plötzlich Roland. Seinen Lover vom vergangenen Wochenende.

„Du, da vorne steht Roland“, brummt er.

„Ach, der vom Sender?“

„Ja. Mistkerl.“

„Nur weil er dich nicht mehr sehen wollte? So sind die Kerle halt. Aber wetten, ihr landet heut noch im Bett?"

„Bestimmt nicht. Wenn er scharf drauf ist, bekommt er erst recht eine Abfuhr."

Dennis blickt Marco verschwörerisch an. Da steht Roland auch schon vor ihnen.

„Hallo, Dennis. Schön, dich wieder zu sehen."

Rolands Augen schauen erfreut zu Dennis rüber. Als der seine Hand um Marcos Schultern legt, wird Rolands Blick schon etwas argwöhnischer.

„Hey. Köln ist halt ein Dorf."

„Ja." Rolands Blick wird bohrender.

„Ich bin Roland", streckt er Marco die Hand hin.

Amüsiert schaut der Dennis an und schüttelt dessen letztem Wochenendfick die Pfote.

„Hallo. Marco."

Rolands Blick wird eisig, als Dennis sich an Marco schmiegt.

„Ach so. Das ist übrigens mein Freund", krault Dennis Marco den Nacken.

„Ist er nicht süß?"

Rolands Blick wird starr.

„Süß? Ja, na das … ich dachte."

Roland ist total perplex.

Auch Marco ist verdutzt, zieht den WG Kumpel aber an sich und lächelt Roland nun ebenfalls an.

Dennis plappert noch weiter.

„Ja. Meine große Liebe. Und er …"

Dennis beugt sich vor und schaut Roland fast verschwörerisch an.

„Und er fickt himmlisch gut", ergänzt er noch.

„Na dann." Roland ist immer noch total verblüfft, als Marco Dennis noch weiter an sich zieht.

Ihm gefällt der Spaß.

Die beiden WG-Partner grinsen sich an, ehe ihre Lippen sich zu einem kurzen Kuss berühren.

Wobei Dennis, nun endlich in Marcos Armen, überhaupt nicht ans Aufhören denkt.

Auch Marco gefallen Dennis Lippen. Und so öffnet er sanft seinen Mund.

Blitzschnell pirscht Dennis mit seiner Zunge vor.

Als ihre Zungenspitzen sich endlich berühren, denken beide nicht mehr ans Aufhören.

Wie aus der Ferne hören sie Roland Servus sagen. Dann endlich packt Dennis seinen Kumpel, um ihm gleichzeitig die Zunge bis in den Hals zu schieben.

Dennis ist total hin und weg, endlich mit seinem Vorbild knutschen zu können. Er vergisst Raum und Zeit. Nur seine Zunge ist noch wichtig.

Ungeniert fährt er Marco mit den Händen erst über die Oberschenkel, dann über dessen behaarte Brust.

Marco muss den Kleinen ein wenig bremsen, sonst würde der ihm glatt noch an der Theke einen blasen.

Aber er lässt nur zu gern zu, dass Dennis seinen Dicken durch die Hose drückt, ihm das Shirt zur Seite zieht und ihm in die Brustwarzen beißt.

„Hey, Kleiner, wir sollten uns ein ruhigeres Plätzchen suchen. Unten im Cruisingbereich. Okay?“

„Du, mir ist total egal wo. Aber ich will dich jetzt endlich. Und am liebsten die ganze Nacht.“

„Das kannst du haben. Aber dann nicht hier.“

„Wir können ja nach Hause. Ich will dich endlich. Schnell.“

Beide grinsen sich an.

Zehn Minuten später sitzen sie im Taxi, Richtung belgisches Viertel.

In der Wohnung kennen sie endgültig keine Hemmungen mehr. Auf Marcos Bett fallen sie wie wild geworden übereinander her. Wobei Marco den Kleinen nun toben lässt.

Dennis zieht ihm Schuhe und Shirt aus, leckt ihm über die Brust, den Bauch und tiefer. Marco merkt, wie erfahren sein WG-Freund trotz dessen erst 20 Jahre schon ist. Und er merkt es auch daran, wie Dennis ihm die Hosenknöpfe öffnet.

Richtig ungestüm zieht Dennis den weißen Slip zur Seite, um endlich an Marcos Prachtrute zu gelangen. Bisher kennt er die ja nur durch die Badehose oder einen engen Slip.

Fast hektisch bläst er seinem Traumtypen dann den Kolben.

„Ja, heftig. Wow. Tiefer. Geil."

Marco gefällt es, wie der Kleine sich austobt.

Als der erschöpft nach Luft schnappen muss, wirft Marco ihn aufs Bett, um nun Dennis von seiner Jeans zu erlösen.

In der 69ger Stellung verwöhnen sie sich dann gegenseitig die Stangen.

„Kleiner, kommen wir zur Krönung. Wäre Carsten heut Mittag nicht gekommen, hätte ich es dir schon draußen gemacht. Aber dafür jetzt."

Marco schwingt sich vom Bett, um in einer Schublade nach Gleitcreme und Kondomen zu greifen.

Begeistert streckt Dennis seine Beine nach oben. Endlich, nach Wochen, darf er sich von seinem Macho-Kumpel vögeln lassen.

Aufgeregt und irre scharf bekommt er kaum mit, wie Marco seinen Prügel zwischen Dennis' Arschbacken schiebt. Erst als der seine Hüften bewegt, spürt Dennis den Schwanz seines Hengstes tief in der Kiste. Dennis mag es, gevögelt zu werden. Noch dazu von einem erfahrenen Kerl. Sein Kolben steht wie eine Eins. Fast ungläubig schaut er zu, wie Marco es ihm besorgt.

Wobei er noch spitzer wird. Er hält den Druck in seiner Eichel kaum noch aus. Nur langsam streichelt Dennis seinen Kolben, um gleichzeitig jeden Stoß seines Hengstes voll auszukosten.

Und Marco gibt alles. Diesen ersten gemeinsamen Fick soll Dennis nicht so schnell vergessen.

Wobei auch Marcos Saft schon bis zur Schwanzspitze gewandert ist.

„Wichs schneller. Nächstes Mal mach ich's dir länger", powert Marco.

Beide schreien sie auf. Dennis, dessen Sahne dabei wie eine Fontaine hoch spritzt. Marco, aus dem es wie aus einem Vulkan raus bricht. Extrem geladen und mit voller Wucht. Fast meint er, das Kondom würde platzen.

Erschöpft sinkt er auf Dennis runter und schnappt nach Luft. Im Zimmer ist es stickig warm geworden. Auch seine Stute unter ihm ist total außer Puste.

Als ihr Atem wieder ruhiger geht, drückt Dennis Marco fest an sich.

„Davon hab ich ja echt schon seit Wochen geträumt."

„Echt? Hättest du was gesagt, dann hätten wir schon längst mal Spaß gehabt." Marco lacht.

„Dann krieg ich das nun öfter?"

„Schon möglich. Du bist mir ja einer. Bleibst du den Rest der Nacht hier?"

„Wo sonst?"

Dennis kuschelt sich eng an Marco, um dann sofort einzuschlafen.

Dafür ist er am nächsten Morgen noch vor seinem Hengst wach. Da er Hunger hat, beschließt er, ein Frühstück im Bett zu organisieren.

Marco wird wach, als Dennis, in engen Shorts und mit einem riesigem Tablett, im Türrahmen steht.

„Guten Morgen, heißer Typ."

„Hallo, Kleiner. Au, Frühstück. Gute Idee."

Das denkt auch Dennis. Wobei, als er Marco so nackt auf dem Bett lümmeln sieht, bekommt er gleichzeitig schon wieder Lust auf seinen Macho.

Der räkelt sich.

„Komm rüber. Frühstück im Bett hatte ich ewig nicht."

Sich gegenseitig fütternd genießen sie dann das Frühstück.

„Puh, das tat gut", nimmt Marco schließlich einen letzten Schluck Kaffee.

Dann stellt er das Tablett zur Seite.

„Und jetzt leck ich dir noch den Honig von der Brust.“ Damit träufelt er Dennis zwei Löffel der klebrigen Flüssigkeit auf Brust und Bauch.

„Hey. Nicht. Ich bin kitzelig.“

„Eben darum ja.“ Marco verreibt ihm den Honig über die Haut.

„Entspann dich“, leckt er da auch schon den Kleinen wieder trocken.

Der macht, was er soll, wobei er total spitz wird.

Und als Marco halb auf ihm liegt, schnappt sein Mund nach dessen Schwanz. Marco muss grinsen.

Längst hat er das Zelt in Dennis' Shorts entdeckt. Nur gut, dass sie beide nichts gegen einen Blowjob am Morgen haben.

Und beide äußerst spitz dabei werden.

„Mach so weiter, und ich bin gleich soweit“, quiekt Dennis eine halbe Stunde später.

„Ich auch.“ Marco setzt sich auf seinen Bläser und wichst beide Kolben.

„Zusammen. Ja?“

Beide grinsen sich an.

„Dann lass … jaaaaaaa.“

Und Marco stellt erstaunt fest, wie viel Saft Dennis ihm schon wieder zeigt.

Dafür ist Marcos Druck so groß, dass er den Sweety bis zum Gesicht hoch voll spritzt.

Eine super geile Grillparty

Anfang der Woche sitzt das Quartett abends erneut auf der Terrasse, um die Grillfete zu besprechen.

„Die Einladungen sind raus?“, fragt Jochen.

„Ja. Und alle haben zugesagt", seufzt Marco. „Wie immer. Gut 30 Leute. Das wird richtig voll hier."

„Hauptsache das Wetter spielt mit", schaut Carsten in die untergehende Sonne.

„Klar, Sonne über Deutschland", lacht Dennis.

„Noch mindestens zwei Wochen. Und wie organisieren wir jetzt die Party?"

„Ganz einfach. Fleisch bestelle ich morgen. Getränke auch. Und Salate bringen eh genug der Gäste mit. Ach so, Brot bestell ich auch noch. Und Carsten, du besorgst Plastikgeschirr und Grillkohle?"

„Mach ich."

„Okay, ich kümmere mich dann noch um die Soßen." Marco fuchtelt mit Zetteln auf dem Verandatisch rum.

„Wenn wir Samstagmittag alles vorbereiten, haben wir genug Zeit."

„Patrick kommt am Freitag schon. Der kann auch helfen."

„Ach, den gibt es noch?" Diesmal ist es Dennis, der fragt.

„Klar. Er bleibt bis Montag."

„Klasse, dann kann er ja Sonntag auch beim Aufräumen helfen", grinst nun auch Carsten.

Wie könnte es anders sein, beginnt der folgende Samstag um 10 Uhr mit dem gemeinsamen Frühstück in der Küche. Auch Patrick ist schon da und hat in der Nacht zuvor seinen Lover, für alle gut hörbar, ausgiebig durchgevögelt.

„Ich mach hier in der Küche alles klar", strahlt der dann auch seine Freunde beim Frühstück an.

Carsten nickt.

„Das Wetter wird super. Dann machen wir gleich die Terrasse fertig und nehmen die restlichen Lieferungen in Empfang. Dennis, du kannst Luftballons aufblasen."

„Blasen", schaut der seinen Ex an.

Alle grinsen.

„Nur die Luftballons", lacht auch Carsten. „Wobei du sicher heut Abend auch noch etwas anderes zum blasen findest. Also Leute, packen wir es an."

Gegen Mittag bläst Dennis dann tatsächlich einen Ballon nach dem anderen auf, eh Carsten sie aufhängt. Daneben verteilt er auch reichlich Girlanden, während Marco mit Patrick Tische und Stühle aufbaut.

Gegen zwei Uhr kommt Simon, ein Kumpel von Marco, der sich um die Musik kümmert.

Dank sommerlicher Temperaturen sind alle nur knapp bekleidet. Und als der groß gewachsene, schwarzhaarige Simon sein Shirt auszieht, bekommt er gleich mehrere bewundernde Blicke zugeworfen.

Besonders Dennis ist hin und weg. Zudem die letzte Nummer mit Marco schon fast eine Woche her ist.

Der lacht, als er CDs raus bringt.

„Hey, du sollst hier arbeiten, und nicht die Männer verrückt machen."

„Ich? Niemals. Du kennst mich doch."

„Eben drum." Beide müssen lachen.

Während Dennis weiter den muskulösen Oberkörper von Simon taxiert, denkt er an den Abend.

Na, die Party kann ja heiter werden, als er merkt, wie sein Schwanz hart wird.

Mit viel Tam Tam ist dann gegen Abend Duschen und Umziehen angesagt.

Marco übernimmt den Grill, Jochen die Getränke, Dennis alles Weitere und Carsten begrüßt ab 19 Uhr die Gäste.

Simon, inzwischen wieder im T-Shirt, sorgt für die nötige Backgroundmusik.

Da die meisten Gäste sich kennen, ist die Stimmung, bei super Wetter, richtig easy, stellt Jochen fest, als er Marco die ersten voll gepackten Teller mit Fleisch zum Grill bringt.

Maurice, ebenfalls Gast an dem Abend, hilft dem Grillmeister. Wobei sein Blick sich mehrfach auf die knappen Adidas Shorts des Grillmeisters richtet.

Was dazu führt, dass Dennis den Gast argwöhnisch beobachtet. Zwar findet er Marcos neuen Bekannten ganz geil, aber dass der die Nacht sicher mit seinem WG Kumpel verbringen wird, stört ihn dann doch extrem.

Zudem Maurice ziemlich fickrig zu sein scheint. Jedenfalls versucht er öfter mit Marco auf Tuchfühlung zu gehen.

Dennis ist auf 180, als Marco seinen Sweety kurz darauf packt, um ihn mit einem langen Zungenkuss zu verwöhnen.

Als Maurices Hände dabei in Marcos Shorts wandern, funkt Dennis dazwischen.

„Hey, das Fleisch verkohlt. Du sollt grillen und dich nicht ablenken lassen.“

Marco stoppt seine Knutschorgie.

„Okay, Maurice, später machen wir weiter. Erst die Gäste. Holst du mir in der Küche noch mehr Fleisch?“

„Sicher doch. Ich eile.“

Maurice zwinkert Dennis unschuldig zu, ehe er zur Küche stürmt.

Als dann alle Gäste und Gastgeber eine Stunde später beim Futtern sind, sorgt Simon mit einem Anstieg der Musiklautstärke dafür, das die Stimmung noch weiter steigt.

Alle quatschen munter zusammen und auch Dennis’ Zorn ist bald vergessen.

Spätestens, als Marco sich beim Essen neben ihn setzt, hellt seine Stimmung sich auf.

Dank Wetter, Essen, Musik und Alkohol steigt die Stimmung um 22 Uhr weiter.

Nur Frank, Carstens Autofreund, fühlt sich nicht so recht wohl.

Zudem er einen der weiteren Gäste flüchtig aus der Sauna kennt. Nach dem Grillen bricht er auf. Nur von Carsten verabschiedet er sich kurz.

„Du, ich bin weg.“

„Was? Jetzt? Warum?“

„Mir, mir ist nicht gut.“

„Magst du dich bei mir im Zimmer kurz hinlegen?“

„Nein, nein. Ich will echt nach Hause. Ich ruf dich morgen an. Viel Spaß noch.“

Und bevor Carsten noch etwas antworten kann, ist Frank auch schon verschwunden.

Auch Marco verschwindet kurz.

„Jochen, der Grill geht von selber aus. Alle sind hoffendlich satt geworden. Da kann ich mal kurz unter die Dusche springen. Ich riech ja selber schon wie Grillfleisch.“ Er nickt dem Kumpel kurz zu, ehe er in die Wohnung geht.

Simon, der seine Musikanlage verlassen hat, bekommt das mit. Und er folgt Marco in dessen Badezimmer.

Als der sich dort das Shirt auszieht, kommt Simon rein.

„Hey, verschwitzt?“

„Ja, ich stink wie ein Tier vom Grill. Ich spring kurz unter die Dusche.“

„Besser is”, lacht Simon, wobei er näher an Marco ran tritt.

„Du, ich wollt dich nur fragen, ob ich heut Nacht hier pennen kann?“

„Davon war ich ausgegangen. Klar, immer doch. Mein Bett steht dir zur Verfügung.“

„Danke. Freu. Schläfst du immer noch nackt?“

„Immer. Und ich hoff, du auch.“ Marco schaut den Kumpel mit schärfer werdendem Blick an. Der nickt. Wobei seine Hand sanft über Marcos Glanzshorts streichelt. So geschickt, dass er dort binnen Sekunden eine mächtige Beule produziert.

„Warte, ich gebe dir einen Vorgeschmack auf später.“

Blitzschnell kniet Simon vor Marco, zieht ihm von unten den fast steifen Kolben aus der Shorts und verpasst seinem Gastgeber einen kurzen Blowjob.

„Oah, scharf. Geil. Orr. Immer wieder geil deine Zunge.“

Marco lehnt sich an die Waschmaschine und genießt den Quicky im Bad.

Dennis auf der Terrasse fällt das Fehlen der beiden auf, als er leere Teller einsammelt.

Er bringt das Geschirr in die Küche, um dann einen kurzen Blick in Marcos Zimmer zu werfen. Dann bleibt er vor dem Bad stehen. Licht.

Von draußen dröhnt Musik in die Wohnung. Die Badtür ist nur angelehnt. Dennis hört keine Brause. Vorsichtig öffnet er die Tür ein wenig, um ins Bad zu schauen.

Den Kopf weit zurück gelehnt, ist Marco immer noch an die Waschmaschine gestützt. Und vor ihm sitzt Simon und bläst seinem Gastgeber den Kolben.

Augenblicklich wird Dennis spitz wie Nachbars Lumpi. Am liebsten würde er einfach dazu stoßen. Doch das traut er sich nicht.

In der Ferne hört er Jochen rufen. Dennis lehnt die Tür wieder an, und geht mit dicken Eiern zurück.

„Hallo. Kannst du kurz mit in den Keller? Wir brauchen noch Sekt", kommt Carsten ihm entgegen.

„Ja, sofort. Ich muss nur schnell was trinken."

Als Dennis eine Minute später von der Terrasse aus wieder in die Küche kommt, steht dort Carsten mit Simon.

Simon. Das ging aber schnell, denkt er.

„Du, Simon geht mit runter. Marco steht noch unter der Dusche. Kümmere dich um die Gäste. Ja?"

Dennis schaut den beiden kurz hinterher. Dann rennt er zum Bad.

Tatsächlich, dort steht Marco nun wirklich unter der Dusche.

Waren die schon länger weg, überlegt er. Oder was das nur ein kurzes Vorspiel? Wenn ja, wann machen die zwei dann weiter? Kommende Nacht? Und Maurice?

Dennis schaut bei der Rückkehr auf die Terrasse zu Maurice rüber. Na ja, überlegt er, den würde er Marco sonst auch für eine Nacht abnehmen.

Fünf Etagen tiefer, im Keller, holt Carsten noch einige Flaschen Sekt aus den Regalen, die er dann zu Simon runter reicht.

Der schaut dabei ziemlich ungeniert auf Carstens Hintern. Zudem er von dem Blowjob im Bad noch immer ziemlich heiß ist.

„Knackig", packt er Carsten da auch schon auf den Hintern, als der noch zwei Flaschen Ramazotti aus einem Regal zieht.

„Ach … danke."

Fast verlegen dreht Carsten sich mit den Flaschen um. Dann springt er von der Leiter, Simon genau in die Arme.

Und ohne groß nach zu denken, fallen beide knutschend übereinander her.

Simon ist dabei so auf 180, dass er Carsten hart an sich drückt. Seine rechte Hand verschwindet dabei auf der Rückseite von Carstens Jeans. Total aufgekratzt bohrt er einen, dann zwei Finger in Carstens Arsch.

Dem gefällt, was er spürt und wird total wild.

„Hier und jetzt", stöhnt er ohne Nachzudenken Simon an.

„Dann schnell", öffnet der da auch schon seinen Gürtel. Blitzschnell präsentiert Carsten ihm sein blankes Hinterteil.

Simon sucht noch schnell in seiner roten Hose nach einem Kondom, ehe der Spaß für beide noch weiter geht.

Mit schnellen, festen Stößen befördert Simon sich und seine Stute in totale Extasse.

Beide sind extrem scharf.

„Au Mann, irre. Ich mags spontan. Simon, ich geh gleich voll ab."

„Dito. Kommst du?"

„Gleich. Ja. Noch mal. Ja."

Carsten explodiert. Simon gleich nach ihm.

Als er dann das voll gespritzte Kondom aus Carstens Arsch zieht, schaut der ihn an.

„Gern spontan mal wieder. Du, jetzt aber schnell hoch."

Jeder mit vier Flaschen unterm Arm machen sie sich wieder auf den Weg zur Party.

Dort wird Dennis grad von Chris und Mike, Freunden von Jochen, angehimmelt. Wären die beiden nicht schon so betrunken, Dennis hätte sie beide über Nacht da behalten.

Zudem Jochen so wild mit seinem Lover rumknutscht, dass Dennis schon dran denkt, wie er sie später wieder beim Sex hören wird.

Sex. Er will auch. Zudem Marco bereits zwei Anwärter für die Nacht hat.

Einer der beiden kommt grad mit Carsten, seinem Ex, und acht Flaschen Sekt durch die Terrassentür.

Carsten, überlegt Dennis. Dabei fällt ihm ein, dass ja angeblich nichts geiler als Sex mit dem Ex ist.

Der Abend geht weiter. Bei super Stimmung feiert die WG mit Freunden und Bekannten bis tief in die Nacht hinein.

Nach und nach verabschieden sich dann die Gäste.

Jochen sitzt knutschend mit Patrick auf der Hollywoodschaukel. Simon baut die Musikanlage ab.

Marco, Maurice und Dennis verabschieden gegen halb drei die letzten Gäste.

Carsten, der um die Zeit bereits total betrunken ist, sagt nur noch gute Nacht.

Schade, denkt Dennis. Wobei sein Ex nun eh zu voll für einen geilen Fick ist.

Simon gähnt in die Runde.

„Ich fall auch ins Bett. Gute Nacht, Leute."

Marco kommt aus der Küchentür.

„Wir räumen noch schnell auf."

„Das machen wir morgen." Jochen erhebt sich. „Komm, Schatz. Wir fallen auch ins Bett."

Die übrigen drei bringen noch einige Salatschüsseln in die Küche. Im Türrahmen stößt Dennis mit Marco zusammen.

„Hey, nicht so stürmisch, junger Mann."

„Ich immer. Du kennst mich doch." Schmachtend schaut Dennis Marco an.

„Eben drum. Dabei warst du heut Abend ja ganz brav.“ Marco nimmt Dennis in die Arme.

„Ja, leider. Mich wollte ja keiner.“

„Quatsch. Kleiner, dich hätte jeder gewollt. Hallo. Alles in Ordnung?“

„Wenn du mich so eng im Arm hältst, immer.“ Dennis schmiegt sich an Marco und gibt ihm einen Kuss. So wie bei ihrem ersten Mal. Aber sogleich wieder so scharf, dass Marco automatisch seinen Mund öffnet, und die beiden einen heftigen Zungenkuss starten.

Maurice schaut von der Terrasse aus zu. Irgendwie gefällt ihm der Anblick. Nur dass er lediglich daneben steht, gefällt ihm nicht sonderlich.

„Hallo. Na, da kann ich nun wohl auch gehen,“ stellt er sich vor die beiden. Wobei sein Schwanz in der weißen Jeans längst hart geworden ist.

Marco stoppt den Zungenkuss.

„Quatsch. Du bleibst ganz sicher hier. Wir … ach.“ Ihm fällt Simon ein.

Dennis hat sicher den gleichen Gedanken.

„Du kannst auch bei mir pennen“, schaut er Maurice mit eindeutigem Blick an.

„Ach ne. Und ich?“ Marco lacht, als er Maurice an sich zieht.

„Ihr bekommt auch beide bei mir Asyl“, lacht nun auch Dennis.

Gleichzeitig steckt Marco nun seine Zunge in Maurices Hals. Geschickt zieht er dann auch Dennis' Kopf in seine Richtung.

Wobei der längst verstanden hat und schon versucht, mit den beiden zu knutschen.

Als Marco dann feststellt, dass einem Dreier in der Nacht nichts mehr im Weg steht, lässt er kurz von den beiden ab.

Was die beiden nicht stört, denn sie knutschen einfach weiter.

„Hey, dann gehen wir aber besser rein. Oder?“

Beide Sweeties nicken sich zu.

„Okay, Großer. Dann verwöhnen wir dich jetzt zusammen”, gibt Maurice seinem Lover einen Schubs.

„Nichts dagegen. Los rein."

Zur dritt stürzen sie in Dennis' Zimmer, wo es kein Halten mehr gibt.

Keine fünf Minuten später liegen sie nackt auf dem Bett.

Marco bläst Maurice den Schwanz, während Dennis sich um sein hartes Teil kümmert.

Aus dem Nachbarzimmer ist Jochens Stöhnen zu hören.

Sicher besorgt es Patrick ihm grad, denkt Dennis, wobei er voller Lust Marcos Kolben leckt.

Plötzlich steht Simon, nur in einem roten Slip, im Türrahmen.

„Ach, die Party ist doch noch nicht zu Ende. Darf ich mitfeiern?"

Überrascht sehen die drei ihn an. Maurices Schwanz flutscht sogar aus Marcos Mund.

„Klar", nickt der dem Kumpel zu.

„Komm her und ich lutsch ihn dir hart. Danach darfst du entscheiden, wer hier am besten bläst."

„Hart ist er nun eh schon", entledigt sich Simon seines knappen Slips, um dann mit wippendem Schwanz auf Marco zu zu steuern.

Der bläst weiter, doch nun halt Simons Harten. Auch Dennis macht weiter. Maurice aber steht auf, um mit dem vierten Mann erst einmal ein wenig zu züngeln.

Wobei Simon ein bisschen züngeln nicht reicht. Ausgiebig knutschen ist ihm da schon lieber. Dass er parallel dazu von Marco den Kolben verwöhnt bekommt, turnt ihn tierisch an. So lange, bis er sich aufs Bett fallen lässt.

Hier kann er im Wechsel mit Dennis und Marco knutschen. Dem bläst dafür Maurice dann zur Abwechslung den Riemen. Kreuz und quer wird geknutscht, geleckt und geblasen. Die Atmosphäre wird immer heißer. Als Dennis dann auch noch Poppers aus dem Kühlschrank organisiert, gibt es überhaupt kein Halten mehr.

Marco leckt Simon das Loch, was den immer fickriger werden lässt.

„Hast du ein Kondom in der Nähe?", grunzt er in die Runde.

„Oh … und ich?" Maurice schaut Marco fast vorwurfsvoll an.

Immerhin hat sein Stecher ihm für die Nacht einen Fick versprochen.

„Okay, nacheinander“, seufzt der.

„Oder nein. Mein Mitbewohner hilft sicher aus. Dennis, hast du Bock, Maurice zu poppen?“

„Das fragst du noch? Darf ich?“

Lüstern schaut er den Gast an.

„Ist mir grad echt total egal wer. Hauptsache einer von euch macht es mir.“

Das kann er haben. Dennis hat seinen Harten schneller in Maurices Kiste, als der gedacht hätte.

Im Nachbarzimmer vögelt Patrick seinen Lover Richtung Orgasmus, als auch Marco anfängt, zu ficken.

Neben ihm auf dem Bett jault Maurice wie ein zufriedenes Baby. Marco muss grinsen. Sein Gast hat ja die Angewohnheit, immer recht schnell zu kommen.

Dennis hat noch gar nicht richtig angefangen, ihn durchzurammeln, als Maurice auch schon einen irren Orgasmus erlebt.

Verbunden mit einer richtigen Spermafontaine. Alle schauen zu, bis der Springbrunnen versiegt.

„Au Mann, so schnell”, ist Dennis dann doch etwas enttäuscht.

Marco lacht los.

„Wenn du noch kannst, spielen wir Sandwich.“

„Was?“

„Na, du fickst mich jetzt weiter und ich dabei Simon. Hast du noch nie ’nen Dreier mit Ficken gemacht?“

„Ach so. Meinst du, das geht?“

Schon ist Dennis wieder gut drauf.

Seinen ersten Fick in Marcos Loch hätte er sich zwar anders vorgestellt. Aber was soll es? Rasch wechselt er das Kondom, und Maurice hilft ihm, in Marcos enges Loch einzudringen.

Ganz langsam stößt er zu. Dass nicht nur Marco, sondern auch Simon erregt stöhnt, macht ihn noch heißer. Automatisch beschleunigt er mit seinem Prügel die Fickbewegungen. Zu geil, zwei Hengste gleichzeitig glücklich zu machen.

Dennis wird immer schärfer. Das hätte er sich auch nicht träumen lassen, dass er es Marco besorgt, während der den Musiker vögelt.

Aber auch Maurice macht der Anblick so scharf, dass sein Kolben wieder hart wird.

„Knie dich vor Simon hin und lass ihn dir blasen", röchelt Marco beim Ficken.

Auch er ist nun total erregt und irre geil.

Indem Dennis ihn vögelt, wird er noch heißer.

Und als er spürt, wie sein WG-Kumpel in ihm explodiert, ist auch er soweit.

Sein ganzer Körper scheint in seiner Speerspitze zu explodieren.

„Orr ja."

Marco schreit das ganze Haus zusammen. Und das morgens um fünf. Dabei merkt auch Simon, dass sein Hengst und Gastgeber grad kommt.

Gleichzeitig bläst er Maurice weiter und wichst sich selbst geschickt bis zum Orgasmus.

„Ich bin schon wieder kurz davor", schreit auch Maurice in die Runde.

Und als die drei erschöpft nebeneinander auf dem Bett liegen, schafft er es, sie alle mit seiner zweiten Spermafontaine zu treffen.

Total ausgepowert, vom Alkohol müde geworden, und einfach erschöpft von der Party, schlafen sie dann gegen fünf Uhr am morgen ein.

Als Dennis wach wird, ist es fast Mittag.

Ohne seine Bettgäste zu wecken, steht er auf. Erst einmal duschen, denkt er. In der Küche riecht es nach frischem Kaffee.

Auch Jochen und Patrick sind schon auf den Beinen.

„Guten Morgen. Puh, auf der Terrasse sieht es ja aus."

„Guten Morgen. Nicht nur da. Die ganze Wohnung steht Kopf. Aber das kriegen wir auch wieder hin. Magst du nen Kaffee?" Jochen schaut ihn an.

„Gleich. Ich spring erst mal unter die Dusche.“

„Mach das. Ich setz frischen auf. Die anderen sind sicher auch gleich auf den Beinen.“

So ist es. Marco wird von einem knutschenden Maurice geweckt.

„Grrr. Morgen, Kleiner.“

Als Simon dann ebenfalls erwacht, und die beiden mit halb erigiertem Schwanz vor sich liegen sieht, wird auch er gleich wieder spitz.

„Neue Runde?“ Frech blinzelt er sie an, bevor sein Mund auch schon nach Maurices Kolben schnappt.

Ein kurzer Quicky beginnt, der damit endet, dass Marco und Simon, über Maurice stehend, diesen mit ihrer Sahne voll spritzen.

Als auch der noch abspritzt, ist sein ganzer Body voller Sperma.

„Dafür darf ich als erster ins Bad“, verreibt er grinsend den morgendlichen Erguss.

Der Kaffee in der Küche zieht sich in die Länge.

Keiner der sechs hat wirklich Lust, sich an die Arbeit zu machen. Bis Jochen in die Hände klatscht.

„Also Leute, packen wir es. Ich fang hier an. Patrick hilft mir. Dennis, du räumst draußen am besten den Müll auf, Carsten die Flaschen und der Rest die Deko. Okay?“

Die anderen nicken.

„Immer doch, Chef“, lacht Dennis.

Und in der warmen Mittagssonne machen sie sich dann, alle nur in Shorts, an die Arbeit.

Dennis schlägt mit einem Messer auf die verbliebenen Luftballons ein. Peng, peng.

Einer nach dem anderen wird der Garaus gemacht.

„Hey, langsam. Tob dich im Bett aus, nicht hier”, wirft Marco eine schmutzige Girlande auf den Müllhaufen.

„Mit dir sofort“, leckt Dennis sich über die Lippen.

„Mit 20 ist man halt immer rattig“, mischt sich Simon ins Gespräch.

„Bei dem super Wetter sowieso", reckt Dennis sich Richtung Sonne.

Später, als sie aufgeräumt haben und den Grill zum Reste grillen angezündet haben, schneidet Carsten das Thema noch mal an.

„Eigentlich haben wir in Köln gar nicht so viel vom Sommer." Jochen wirft Steaks auf den Grill.

„Na, dann flieg doch nach Ibiza. Da hast du Sonne, Strand und Party."

„Bisschen weit. Aber Strand wäre schon nicht schlecht."

„Da hab ich 'ne Idee", schaut Marco da mit einem Lächeln in die Runde.

„Dann schieß los", schnappt sich Jochen ein weiteres Steak vom Grill.

„Gang Bang?", jault Dennis.

Alle lachen.

„Du hast auch nur noch Sex im Kopf", brummt Carsten.

Und er überlegt, gut dass seine Beziehung mit Dennis nur ein paar Wochen gehalten hat.

„Was dann? ", mischt sich auch Simon ins Gespräch.

„Wir machen ein paar Tage Urlaub an der See. Zum Beispiel in Holland. Zanfort oder Scheveningen."

Seine WG Freunde blicken ihn an.

„Da habt ihr es dann auch nicht weit bis Amsterdam", lacht Simon und leckt sich bei dem Gedanken über die Lippen.

„Stimmt. Aber ich dachte echt eher an ein verlängertes Wochenende mit viel Ruhe, Strand und Sonne."

Marcos Idee wird am gleichen Abend in die Tat umgesetzt.

Übers Internet finden sie raus, dass es noch freie Ferienhäuser für das folgende Wochenende gibt.

Montags wollen die vier schauen, wie es bei ihnen mit jeweils ein oder zwei Urlaubstagen ausschaut.

Patrick kann leider nicht mit und auch Simon hat schon ein anderes Date. Bleibt die WG. Und für die vier passt es. Donnerstagnachmittag soll es losgehen. Die Rückkehr nach Köln ist dann für Montagabend geplant.

Ein Wochenende an der See

An dem Donnerstag, Ende August, wird es dann, wie könnte es anders sein, 17 Uhr, bis die vier in Marcos randvoll bepackten silbernen BMW auf der A3 Richtung Oberhausen sind.

„Bei der ganzen Trödelei werden wir nicht vor 20 Uhr in Scheveningen sein“, brummt Marco am Steuer.

„Na und? “, blickt Jochen neben ihm auf den Navi.

„Dann haben wir immer noch vier volle Tage. Naturalien für heut Abend und morgen früh hab ich eingepackt. Von daher ist es also total egal, wann wir ankommen.“

„Nicht ganz“, mischt sich Carsten von der Rückbank ins Gespräch.

„Wir müssen um 22 Uhr an der Anmeldung sein.“

„Na das schaffen wir locker“, beschleunigt Marco auf 160 km/h.

Um 18 Uhr erreichen sie die niederländische Grenze bei Arnheim und um halb acht die Ferienanlage bei Scheveningen.

Mit Koffern und Taschen bepackt, machen sie sich vom bewachten Parkplatz aus auf den Weg zur Anmeldung.

Carsten regelt dort die erforderlichen Formalitäten, während die anderen sich schon einmal umsehen.

„Cool, ein riesiger Supermarkt. Und bis 24 Uhr geöffnet”, freut sich Jochen.

Marco hat es die Gaststätte gleich neben der Anmeldung angetan.

„Ich liebe holländische Pommes. Kinder, da landen wir gleich, nachdem wir unsere Hütte in Beschlag genommen haben.“

„Hoffentlich ist das Haus nicht so weit weg von hier. Die Anlage sieht ja riesig aus.“

„Stimmt“, seufzt auch Jochen, als er auf sein Gepäck schaut.

Alle vier haben eigentlich viel zu viele Klamotten dabei.

Doch sie haben Glück, als Carsten mit dem Schlüssel auftaucht, lacht er schon von weitem.

„Freunde, das erste Haus gleich hier um die Ecke am Rand der Anlage ist unser. Auf geht’s.“

Total begeistert nehmen die vier kurz drauf ihr Feriendomizil in Beschlag. Neben zwei Schlafzimmern gibt es einen großen Wohnraum mit Küchenzeile. Nur das Bad ist relativ bescheiden. Jochen wirft einen Blick hinein.

„Sauber, aber klein. Na, wir haben ja morgens Zeit.“

„Dafür gibt es Etagenbetten in den Schlafzimmern. Ich schlaf oben”, jubelt Dennis.

„Ich auch”, schnappt Carsten nach seinem Koffer.

„Womit die Zimmerfrage auch geklärt wäre“, folgt Marco Dennis.

„Leute, beeilt euch mit dem Auspacken. Ich hab Hunger.“

Trotzdem dauert es noch fast eine Stunde, bis sie endlich in der gemütlichen Gaststätte am Eingang der Ferienanlage sitzen.

Wohlwollend wird dort der Kellner, ein blonder Typ, Anfang 30, gemustert.

„Den hätte ich gern zum Dessert“, schaut Dennis ihm nach.

Auch Marco gefällt der Knackarsch in der hellblauen, engen Jeans.

„Jau, mit dem würde ich mich auch gern mal austoben.“

„Ich teil auch mit dir“, denkt Dennis an ihren letzten Dreier von vor noch nicht einmal einer Woche.

Carsten dagegen hat es ein stämmiger, glatzköpfiger Macho an der Theke angetan. Das wäre genau sein Typ für einen Fick, kommt auch er ins Schwelgen.

Zudem er beim Essen weiter Gelegenheit hat, den Kerl zu beobachten.

Marco nutzt da eher die Gelegenheit, mit dem Kellner ins Gespräch zu kommen. Der bringt auch in Windeseile die Pommes.

„Hoi. Ihr seid neu hier? “, schaut der beim Servieren in die Runde.

„Ja“, nickt Marco.

„Du sprichst deutsch?“

„Etwas. Hier sind so viele Touristen. Daher.“

„Stimmt, und wo wir schon da bei sind, wo könnten wir denn morgen hingehen?“ Marco schaut dem blonden Typ tief in dessen blaue Augen.

„An die Strand. Auf die Promenade. Dort geht ihr immer nach rechts. Ist gar nicht so weit, ihr werdet dann schon sehen.“

„Du meinst, wir finden einen netten Platz? “, zieht Marco den Typ mit Blicken bereits aus.

„Sicher, ja. Sehr nett.“

„Bist du auch da?“

„Ja. Oft tagsüber.“

„Dann wird es uns bestimmt gefallen.“ Und in Gedanken sieht Marco den Typ nun schon in einer engen Badehose vor sich.

Später erfahren sie noch, dass er Mario heißt und wo sie noch weitere nette Plätze in der Umgebung finden können.

Auf dem Heimweg statten sie dann noch dem Supermarkt einen Besuch ab. Und erst fast gegen Mitternacht erreichen sie, wieder schwer bepackt, erneut ihr Ferienhaus.

Nach einem Glas Wein liegen sie dann, voller Vorfreude auf das lange Wochenende, in ihren Etagenbetten.

Jochen ist am nächsten Morgen als erster wach. Ohne Carsten zu wecken, ist er froh, das Bad in Ruhe für sich zu haben.

Danach beschließt er, Brötchen im Supermarkt zu holen.

Als er mit einem riesigen Paket zurückkommt, steht Marco, noch reichlich verschlafen, im Wohnraum.

„Guten Morgen. Au Mann, das reicht ja für Tage. Oder kriegen wir schon wieder Gäste?“

„So viel ist das auch nicht. Und warte mal ab, bis wir am Strand liegen und du Hunger hast.“

„Auch wieder wahr. Ich spring mal kurz unter die Dusche.“

„Okay, ich mach Frühstück.“

Marco ist grade frisch geduscht, als auch Carsten auf der Bildfläche erscheint. Zu dritt frühstücken sie auf der Terrasse hinter dem Haus, bis auch Dennis dazu stößt.

„Morgen, Kleiner. Beeil dich, die Jungs in den Dünen warten”, lacht Marco.

„Ach, echt?“

Im Nu ist Dennis putzmunter.

Eine Stunde später sind sie dann auf dem Weg zum Strand. In der Ferne schimmert die mächtige Strandpromenade von Scheveningen.

Auf den Rat des Kellners vom Vorabend hörend, halten sie sich nach rechts. Fast am Wasser entlang laufend, an unzähligen Sonnenanbetern vorbei, geht es fast einen Kilometer weit den Strand entlang. Dennis sammelt unterwegs sogar Muscheln.

Plötzlich sehen sie kaum noch Badegäste. Dann hinter einer Sanddüne nur noch Jungs, die am Nordseeufer liegen.

Eine riesige Regenbogenfahne macht auch dem letzten Besucher klar, wo er hier gelandet ist.

„Gay Paradise”, grinst Marco.

„Leute, wir sind am Ziel.“

Und in einer mächtigen, wie für die vier geschaffenen Sandmulde, lassen sie sich nieder, um in der Sonne zu brutzeln.

Dennis schläft dabei ein, Marco liest und der Rest des Quartetts begibt sich nach einer Stunde zum Wasser.

Wohlwollend schauen sie sich dabei das übrige Publikum an.

„Echt lecker hier“, streckt Jochen sich.

„Aber richtig lecker. Komm schnell ins Wasser. Sonst hab ich sofort nen Ständer.“

Carsten wirft sich in die Wellen.

Beide kraulen sie ein Stück raus in die Nordsee. Carstens Ständer schrumpft, doch seine Geilheit bleibt.

Erst recht, als er wieder auf der Decke liegt. Umringt von zahlreichen mehr oder weniger geilen Jungs. Fast alle nackt, braungebrannt und zum Reinbeißen. Aufgekratzt beobachtet er das Treben um sicher herum. Insbesondere, dass es ein Kommen und Gehen Richtung Dünen gibt. Wie auf Gran, überlegt er. Und sicher haben die Kerle auch hier in den holländischen Dünen viel Spaß. Carsten schnappt nach seiner Badehose. Er will auch ein wenig Spaß.

„Ich erforsch mal die Dünen“, nickt er Jochen beim Anziehen zu.

Der lacht. Die anderen pennen eh. Und dann ist Carsten auch schon auf dem Weg in die Dünen.

Sein halbsteifer Lümmel drückt ihm dabei gegen die gelbe Badehose. Die ganzen Jungs haben ihn irre geil gemacht. Zudem er schon seit einer Woche keinen Schwanz mehr in der Hand hatte. Geschweige denn sonst wo.

In den Dünen kann er schon bald den Strand nicht mehr sehen. Dafür aber die Kerle, die sich ebenfalls hierhin verirrt haben. In einer Mulde stehen drei und drücken sich gegenseitig die Kolben.

Carsten springt dazu. Er ist irre rattig. Als er sich die Badehose runter zieht, umfasst auch schon eine fremde Hand sein nun voll ausgefahrenes Teil. Auch er schnappt sich den Kolben seines Nebenmannes.

Noch zwei Kerle kommen in die Grube, um mitzumischen. Zu sechst wichsen sie sich die Kolben. Doch das reicht Carsten nicht lange. Einen stark behaarten Kerl findet er besonders scharf.

Nur noch Schwanz gesteuert, bückt er sich, um seinem Opfer einen Blowjob zu verpassen. Die anderen grölen auf. Auch sie werden nun noch schärfer. Zwei von ihnen schließen sich der Blasorgie an. Und als Carsten aufsteht, kommt auch er in den Genuss eines Bläsers. Der ist so geschickt, dass er so abrotzen könnte.

Nur kurz noch lässt er sich verwöhnen, eh er seinen Schwanz aus dem Mund seines Bläsers zieht. Wild wichsend schaut Carsten in die Runde. Die anderen machen mit und zu dritt rotzen sie dann ab. Schießen ihr Ladung in den heißen Sand. Zwei Kerle machen weiter, als Carsten seine Badehose wieder anzieht, um erleichtert an den Strand zurück zu kehren.

Abends landen sie wieder bei Mario in der gemütlichen Gaststätte. Marco grinst den Kellner schon beim Reinkommen an.

„Hey, Mario. Da sind wir wieder. Und ich hab einen Mordshunger."

„Hallo. Strand macht immer müde und hungrig. Setzt euch doch."

Später als sie gegessen haben, rutscht der Kellner kurz neben Marco auf die Bank. Beide drücken ihre Oberschenkel aneinander. So stark, dass Marcos Shorts zum Zelt wird.

„Morgen Abend ist großes Feuer am Strand und viele Boote sind, wie sagt ihr, mit Lampions auf dem Meer. Sommerfest in Scheveningen. Sehen wir uns am Feuer?"

„Gerne." Marco streichelt dem Kellner über die Oberschenkel.

Dann erleb ich dich endlich privat, denkt er dabei.

Mario scheint dasselbe zu denken.

„Ich freu mich. Außerdem hab ich Sonntag frei."

„Echt? Geil." Marco ist sichtlich erfreut. Dann hat er seinen Flirt mindestens für 24 Stunden, denkt er dabei wieder.

Kräftig packt er Mario noch einmal auf die Oberschenkel. Wobei seine Hand dann blitzschnell kurz höher rutscht.

Marios Kolben ist genau so hart wie seiner. Und nicht von schlechten Eltern.

Seine Freunde am Tisch blicken sich schmunzelnd an.

Später sitzen sie bei Sekt und Wein wieder auf ihrer Terrasse.

Jochen holt drinnen Chips, die er auf den Tisch stellt.

„Tja, Dennis, wetten dass du morgen das Zimmer für dich allein hast?"

„Da drum wette ich nicht. Da verliere ich ja." Sie lachen.

„Hallo. Was ihr schon wieder denkt." Marco runzelt die Stirn.

„Aber süß ist er schon, der Mario."

Nach zwei weiteren Gläsern Sekt klingt auch der Abend aus.

Am nächsten Morgen ist die WG-Clique dann gleichzeitig auf. Was natürlich für Stress im Bad sorgt.

Bis Jochen das zu blöd wird. Er schnappt sich ein Handtuch und seinen Kulturbeutel.

„Leute, ich dusche lieber im Hauptgebäude am Eingang. Danach bring ich Brötchen mit.“

Carsten nickt zufrieden, während Dennis unter der Dusche steht und Marco sich vor dem Waschbecken den letzten Schlaf aus den Augen reibt.

Die öffentlichen Duschanlagen der Anlage gefallen Jochen.

Sie sind sauber und er hat Platz und Ruhe.

Als er, frisch geduscht, vor dem Spiegel steht, geht die Tür auf.

Sein glatzköpfiger Macho vom ersten Abend an der Theke erscheint. Jochen schaut ihn an. Der Macho trägt nur ein weißes Shirt bis zum Bauchnabel und eine hellblaue Jogginghose.

Wie der Blitz wird Jochen scharf auf den Kerl. Unumwunden grinst er den Macho an.

Ein Flirt am Morgen kann nicht schaden, denkt er dabei.

Doch dann überrascht der Macho ihn total.

Der Kerl bleibt nämlich fast genau vor ihm stehen, kratzt sich im Schritt und zieht dann seine Jogginghose mit einem Handgriff nach unten.

Vor Jochen springt ein beschnittener, rasierter XL Kolben ans Freie. Das Teil ist bereits so hart, dass es für Spaß zu gebrauchen ist. So denkt auch Jochen.

Er langt kurz zu. Dabei zeigt der Macho zu den Duschen.

„Komm mit. Schnell.“

Die letzte Duschkabine ist ihre.

„Scharf“, steckt Jochen sich dort den Prügel bis zum Rachen in den Mund.

Ausgehungert verwöhnt er den Macho nach allen Regeln der Kunst. Und der lässt sich das ausgiebig gefallen. Längst hat Jochen seinen eigenen Schwanz dabei aus den Shorts befreit, um mit einer

Hand zu wichsen.

„Stopp. Jetzt du. Dreh dich mal." Der Macho drückt Jochen an die Wand. Der beugt sich und präsentiert seinem Gegenüber das frisch rasierte Loch.

„Super", züngelt der da auch schon in Jochens Arschritze. Und der lässt sich die Zunge in seiner Grotte gefallen. Er jault auf, wie ein junger Hund.

Bis er es nicht mehr aushält.

„Fickst du mich?" Jochen springt hoch.

„Hier?" Sein Macho ist verdutzt.

„Wo sonst?"

Jochen denkt an die WG-Freunde, die auf Brötchen warten. Gleichzeitig kramt er in seinem Kulturbeutel nach einem Kondom, was er dem Hengst in die Hand drückt.

Der Widerspruch ist längst besiegt und schon Augenblicke später

besiegt der Macho auch den Widerstand in Jochens Arsch.

Geschickt vögelt der Macho den Flugbegleiter, den er dabei an die Wand presst.

Jochens Schwanz rubbelt gegen die kühlen Fliesen.

Was ihn noch mehr anheizt.

Er braucht es halt einfach regelmäßig. Egal ob von seinem Lover, oder Oli, seiner Affäre, oder grad von diesem Hengst, dessen Namen er noch nicht einmal weiß.

Aber egal wie der heißt, er vögelt einfach geil.

„Orr ja, tiefer. Du Sau.... jaaaa." Jochen stöhnt und jault, während der Kerl ihn von hinten klassisch geil duchrammelt.

„Uah, jaaaaaaaaaa", pumpt er mit 180 Sachen seine Soße in Jochens Darm.

„Puh.... irre", schnaubt er nach seinem Abgang.

Jochen dreht sich und wichst Richtung Dusche. Der Kerl schaut zu, wie auch Jochen soweit ist.

„Hey, lang nicht mehr abgerotzt?"

„Zu lange. Und du?“

„Vorgestern. Ich bin mit meiner Alten hier in der Anlage. Aber vielleicht sehen wir uns hier ja noch mal?“

„Könnte schon sein.“ Jochen ist erstaunt.

Und als er die Brötchen dann endlich holt, denkt er immer noch daran, dass es ihm grad ein Hetero besorgt hat.

Und das gar nicht mal so schlecht.

Nach dem Frühstück geht es wieder zum Strand.

Auch an dem Samstag, Ende August, meint es die Sonne wieder verdammt gut mit der WG.

Am späten Nachmittag machen sie sich auf den Heimweg. Unterhalb der Strandpromenade von Scheveningen wird bereits ein riesiger Holzstapel für das Fest am Abend errichtet.

Gleich daneben werden verschiedene Boote mit Lampions geschmückt.

Oben auf der Pier flattert ihnen vor einem Café eine Regenbogenfahne entgegen.

„Hier sind wir richtig. Kaffeezeit”, schaut Jochen die Freunde an. Dennis wirft einen Blick über die Besucher.

„Geile Idee“, hat er da auch schon seinen Rucksack abgenommen.

Noch beim Kaffee flirtet er mit einem genau so jungen Typen, der am Nachbartisch sitzt.

Marco registriert ihren Flirt und denkt nur, der Kleine wird langsam erwachsen.

Dann flüstert er Dennis ins Ohr.

„Schnapp ihn dir. Der ist doch süß und sicher ein Ferkel im Bett.“

„Meinst du?“

„Bestimmt. Und sicher nicht nur da.“

„Hm. Ich kann ihn ja nicht einfach anlabern.“

„Sicher. Der wartet doch nur drauf. Oder lass mich mal machen.“

Marco hat längst registriert, dass die drei am Nachbartisch auch deutsch sprechen.

Beim Bezahlen nickt er ihnen zu.

„Servus. Sicher sehen wir uns später beim Feuer. Wäre nett."

„Hallo. Seit ihr auch da?"

Der Kleine verdreht entzückt die Augen.

„Ja. So gegen 21 Uhr. Bis später dann."

Marco lacht und freut sich, dass die Sweeties sich zunicken.

Doch noch nicht ganz erwachsen, denkt er dabei.

Schon um 20 Uhr 30 sind die vier wieder auf dem Weg zum Strand.

Alle frisch geduscht, angezogen und voller Vorfreude auf den Abend.

„Hoffentlich sind die aus dem Café auch da", kann Dennis es kaum erwarten, die Strandpromenade zu erreichen.

„Besonders einer", lacht Jochen.

„Mario ist sicher da", schaut auch Marco auf die lange Strandpromenade und die Gangway, die aufs Wasser führt.

Nach einem Drink an einer Strandbad sind die vier um kurz nach 21 Uhr am eben entzündeten Strandfeuer. Auf dem Wasser erblicken sie die bunten Boote, gleichzeitig hören sie Musik von einer Kapelle.

„Da schau mal, die Truppe von heute Mittag." Marco nimmt Dennis in den Arm, um ihn in Richtung Strand zu schubsen.

Der zögert nur kurz, ehe er in den Kampf zieht. Sprich, sich den Jungs zu nähern.

Da seine Freunde folgen, und auch die drei Typen ganz locker drauf sind, stehen sie kurz drauf schon alle am Feuer und lernen sich kennen.

Die Jungs kommen aus Hannover und Dennis' Schwarm heißt Jan.

Als die hell erleuchteten Boote auf dem Wasser erscheinen, zaubern sie auch auf Marcos Gesicht ein Lächeln.

Wobei das eher noch an Mario liegt, den er grad am Strand entdeckt hat.

„Ihr entschuldigt mich“, nickt er den Freunden zu, ehe er seinem Urlaubsflirt entgegen sprintet.

Marios figurbetontes, schwarz silbern glänzendes Shirt passt dem blonden Typen unverschämt gut, stellt Marco mit Kennerblick fest.

Aber auch er kann sich sicher in seinen verblichenen, engen Jeans sehen lassen.

„Hey, grüß dich.“

„Hallo, Marco. Schön, dich zu sehen. Sind deine Freunde auch da?“

„Ja. Drüben beim Feuer. Kommst du mit?“

„Klar. Heute Abend hab ich doch Zeit.“

Und sicher auch die ganze Nacht, packt Marco seinen Flirt am Arm.

Gemeinsam wandern sie zu der Truppe rüber.

Beide merken, wie es dabei knistert.

Zu acht landen sie dann an einem der vielen Bierpavillons. Und noch vor Marco, hat Dennis seine Hand um Jans Schulter gelegt.

Wie frisch verliebt genießen beide jede Berührung des anderen.

Gegen 23 Uhr, nach dem dritten Heinecken Bier, trennen sich die Wege der gemischten Truppe.

Dennis will mit Jan über die Promenade zu dessen Pension.

Jochen ist müde, Carsten bleibt noch mit den Hannoveranern beim Feuer und Marco zieht es mit dem Kellner den Strand entlang, weg von der Menschenmenge.

Als sie einen Kilometer weit gegangen sind, ist das Feuer in der Ferne nur noch undeutlich zu erkennen.

Längst hat Mario nach Marcos Hand gegriffen, als der stehen bleibt.

„Für die Kulisse beneide ich dich“, drückt Marco seinen Urlaubsflirt an sich.

„Für die was?“ Mario schaut ihn fragend an.

„Na für den Strand, die Nordsee, die Dünen. Für all das”, zeigt Marco in die Gegend.

„Ach so. Aber nur im Sommer. Köln ist doch auch schön, oder?“

„Klar. Köln, Köln ist Köln. Der geilste Arsch der Welt halt.“ Marco muss lachen.

„Geiler Arsch, ja”, nickt Mario. Wobei er prüfend seine Hände über Marcos Apfelhälften streichelt. Nur der Stoff der ausgefransten Jeans stört ihn.

Als Marco ihm dann fast schüchtern einen Kuss auf den Mund drückt, nutzt Mario die Gelegenheit, um seine Hände unter die Jeans, aber auch unter den Slip, rutschen zu lassen. Marcos behaarter Arsch gefällt ihm. Und wie.

Marios Zunge pirscht nach vorne. Leckt über Marcos Lippen, bevor sie seine Zahnreihen erkundet.

Beide werden sie mit ihren Bewegungen schneller.

Mario drückt seinen Körper an Marco.

Deutlich spürt er dessen voll ausgefahrenes Rohr in der Jeans. Aber auch Marco kann die Lust des Kellners stahlhart fühlen.

„Hier ist schlecht. Wir gehen in die Dünen.“ Mario löst sich nach einem Zungenmarathon.

„In die Dünen?“ Zweifelnd schaut Marco in die Ferne.

„Ja. Bis in meine Wohnung später. Ich will dich jetzt. Sofort.“

Mario nimmt Marco an die Hand, um ihn hinter eine mächtige Sanddüne zu führen.

Unter ihnen der Sand ist noch warm von der Sonne des Tages. Auf dem Meer sehen sie die hinteren Boote zwischen zwei Hügeln, bis Mario sein Opfer in den Sand zieht.

Dort knutschen sie weiter, bis Mario Marco das Shirt hochzieht.

„Du bist geil behaart. Das mag ich total.“

Begeistert leckt er Marco über die Brust und den Bauch. Dann beißt er sich in dessen Brustwarzen fest. Sein Opfer brummt wie ein zufriedenes Kind.

Ewig lang beschäftigt Mario sich so. Bis er durch den Jeansstoff nach Marcos Dicken schnappt.

Geschickt öffnet er gleichzeitig Marcos Gürtel. Fast ohne dass der das mitbekommt, liegt er da auch schon nackt im Sand. Jetzt gibt es für Mario kein Halten mehr. Vorsichtig wichst er kurz den Kolben, ehe er sich mit der Zunge den Vorsaft von der Eichel leckt.

Was dann beginnt, ist selbst für den erfahrenen Marco der Wahnsinn.

Mario besorgt ihm mit einem Blow Job de Luxe ein irres Feeling.

Was er auch schafft, ist Marcos Loch genau so geschickt mit der Zunge zu verwöhnen, dass der immer lauter losbrüllt.

Vorsichtig schaut auch Mario da auf. Er blickt zum Feuer in der Ferne rüber.

Nein, niemand hört oder sieht sie. Die Gelegenheit nutzt Marco, um nun seinerseits über den Kellner herzufallen.

Auch dessen Shirt und Hose landen achtlos im Sand. Und nachdem Marco nun seinerseits dem Kellner gezeigt hat, was ein echter Kölner vom Blasen versteht, finden sie sich in der 69ger Stellung wieder.

„Junge, Junge. Was machen wir hier? “, schnappt Marco nach Luft.

„Liebe. Wir machen Liebe, oder?“ Auch Mario muss tief Luft holen.

„Liebe machen wir in Köln aber anders“, wirft Marco sich auf Mario.

Und beim Abknutschen drückt er seinen Dicken zwischen die muskulösen Pobacken seines Flirts.

Der versteht.

„Dann machen wir es richtig. Aber nur mit Gummi.“

„Klar. Mario, ich mag dich.“

„Ich dich auch. Und ich mag es jetzt. Hier. Mit dir.“

So was muss man Marco nicht zweimal sagen. Er schaut Mario irre aufgegeilt an, um dabei in seiner Jeanstasche zu kramen.

Mario hilft ihm beim Eindringen. Parallel dazu schreit er wie ein Opernsänger. Immer lauter.

„Du gehst ja ab“, bleibt Marco ganz ruhig auf seiner Stute liegen.

Wobei sein Schwanz tief in Marios Innere zuckt.

„Grrrrr…. geil. Stoß mich”, wird Mario ruhiger. Für Marco ein Signal, seinen Hintern nach oben zu bewegen. Sein hartes Teil bewegt sich mit dem Arsch auf und ab.

Wieder lauter werdend röhrt Mario wie ein brünstiger Hirsch.

Als er dann auch noch mit seinen Schließmuskeln spielt, ist es auch um Marco geschehen.

Er fickt den Holländer gleichmäßig beschleunigend durch.

Tief, fest, mit Ausdauer und Spaß.

„Vögel mich. Mach, mach mich happy.

„Du mich", flüstert Marco zurück.

Gemeinsam erleben sie wenig später gleichzeitig ihren ersten gemeinsamen Orgasmus.

Marios Sahne spritzt in den Sand, als Marcos Dicker in seiner Grotte explodiert. Beide schreien dabei laut los. So laut, dass sie froh sind, dass die Wellen und die Musikkapelle in der Ferne ihre Schreie verschlucken.

Nach ihrem Höhepunkt kuscheln sie noch kurz im Sand.

„Du, kommst du mit zu mir?" Mario schaut Marco wie ein kleiner Hund an.

„Gerne. Ist es weit?"

„Nicht weiterer als zu eurem Bungalow." Mario sucht im Sand nach seinem T-Shirt.

Eine Viertelstunde später stehen sie in seiner gemütlichen Dachgeschosswohnung, mit Blick auf die Nordsee.

Mario holt eine Flasche Sekt aus dem Kühlschrank, während Marco sich die Surfbilder an den Wänden anschaut.

„Bitte. Auf uns." Mario reicht seinem Hengst ein Glas Sekt.

„Auf uns", stoßen sie an.

Beim Kuss danach kribbelt der Sekt noch in ihren Mündern.

Und durch diesen Kuss fängt bei beiden das Kribbeln im Magen wieder an.

Bis sie erneut nackt sind. Nur liegen sie jetzt auf Marios Bett, und nicht mehr am Strand im Sand. Oder in den Dünen von Scheveningen.

Der Sekt animiert Marco dazu, Marios Kolben mit einer Sekt Blasnummer zu verwöhnen. Der kennt das und revanchiert sich. Beide werden so heiß, dass sie nach diversen Sekt-Sexspielen ihren zweiten gemeinsamen Höhepunkt erleben.

Und wieder genau gleichzeitig.

Eng aneinander gekuschelt schlafen sie danach ein. Für Marco ein ungewohntes Gefühl. So eng hat er sich zum Pennen schon ewig nicht mehr an einen Typ gekuschelt.

Nicht weit weg von den beiden, in einer kleinen Pension, treibt es Dennis zur gleichen Zeit mit Jan.

Und so bleibt ihr Zimmer im Ferienhaus in der Nacht leer.

Was Jochen und Carsten nicht wirklich stört. So haben sie am nächsten Morgen Ruhe im Bad.

„Die Schlampen sind beide nicht da", steht Jochen verschlafen im Wohnraum, als auch Carsten aus den Federn springt.

„Das war doch zu erwarten", nickt er Jochen zu.

„Wer holt denn dann Brötchen?"

„Wenn du hier aufräumst und den Tisch deckst, mach ich das. Ich dusch dann wieder im Hauptgebäude. Du hast also das Bad heut ganz allein für dich."

„Klasse. Wie komm ich denn zu der Ehre?"

„So bin ich halt." Jochen schnappt sich seinen Kulturbeutel. Wobei er an seinen Hengst vom Vortag denkt.

Gegen eine Fickwiederholung hätte er nichts einzuwenden.

Leider trifft er seinen Macho nicht an, so dass er unverrichteter Dinge, aber mit Brötchen, wieder heimkehrt.

Unschlüssig hat er eine ganze Tüte gekauft. Da er nicht genau weiß, wer wann und wie zum Frühstück erscheinen wird.

Carsten hat da anders gedacht. Marco frühstückt sicher bei Mario. Dennis mit seinem Stecher in einem Café auf der Pier von Scheveningen.

Genau so ist es auch.

Als er und Jochen fast fertig gefrühstückt haben, tauchen die WG-Freunde mit ihren neuen Begleitern auf.

„Guten Morgen", erscheint Marco, noch in den Klamotten vom Vorabend, auf der Bildfläche.

„Auf zum Strand?"

„Gib uns noch 10 Minuten", schüttet Carsten sich den letzten Kaffee ein.

„Dann sind wir auch soweit. Ich pack noch schnell." Auch Dennis steht da, Jan im Schlepptau, auf der Terrasse.

Später am Strand stoßen auch Jans Freunde dazu. Zu acht liegen sie dann gegen Mittag am Strand.

Der Sonntag, Ende August, hat es in sich.

„Das sind ja mindestens 30 Grad", schwitzt Marco.

„Komm mit ins Wasser", schubst er dann den neben ihm liegenden Mario an. Der streckt sich, und Marco schaut bewundernd auf den knackigen Arsch, der in einer viel zu engen weißen Badehose den Stoff fast bis zum Reißen spannt.

Kurz darauf toben die beiden in den Wellen, wobei Mario sich auf seinen Lover stürzt und ihn an sich drückt. Die Wellen reichen bis fast zu ihren Brustwarzen, während beide, heftig knutschend, ihre Umgebung vergessen.

„Mach so weiter und ich krieg nen Steifen", lacht Marco.

„Den hab ich schon. Fühl mal." Mario drückt Marcos rechte Hand auf seine Badehose.

„Hart", leckt der sich über die Lippen. Blitzschnell zieht er dann die Badehose runter, eh er auf Tauchstation geht.

Und Mario erlebt, dass ein Blow Job unter Wasser auch etwas für sich hat. Vom Strand aus fotografiert Jochen das Liebesspiel der beiden.

Carsten stellt sich neben ihn.

„Ekelhaft. Die machen doch …"

„Ja. Lass sie doch. So krieg ich wenigstens ein paar geile Urlaubsschnappschüsse."

„Du hast ja Sorgen. Okay, ich bin mal in den Dünen. Bis später." Carsten drückt der Schwanz auch schon wieder.

Auf den Handtüchern drückt Dennis sich und seinen Schwanz auf Jans Hintern fest. Voll ausgefahren bohrt sich sein Teil durch den Stoff der Badehosen.

„Wenn du so weiter machst, gehen wir besser in die Dünen", stemmt Jan seinen Hintern nach oben.

„Gute Idee. Komm, gehen wir." Dennis springt auf und schnappt sich seine Strandtasche.

Jans Freunde schauen ihnen verdutzt nach, wie sie Carstens Spuren folgen.

Nur Jochen bekommt davon nichts mit. Mit seiner Kamera holt er sich weiter Marco und Mario beim Liebesspiel vor die Linse.

In der Tat scheint den beiden alles egal zu sein. Nach mehreren Tauchgängen steht grad Marco wieder in den Wellen und Mario ist dabei, ihn unter Wasser mit dem Mund zu verwöhnen.

„Wenn du so weiter machst, spritz ich gleich ins Wasser", drückt Marco seinen Lover fest an sich.

Beide lassen sie sich von den Wellen an den Strand spülen. Von Jochens Fotokünsten bekommen sie überhaupt nichts mit. Ihre Badehosen sind runter gerutscht. Ihre Schwänze drücken sich aneinander. Wild knutschend bewegen beide ihre Hüften immer schneller. Marco spürt, wie er kommt.

Und auch Mario erlebt einen Orgasmus zwischen Sand und Wasser. Jochen drückt weiter auf den Auslöser, wobei die Beule in seinen Badeshorts immer größer wird.

Nach ihrem Abgang bleiben Marco und Mario noch lange im Wasser liegen. Die Wellen verwischen die Spermaspuren auf ihren Bäuchen.

„Hey, das hab ich auch noch nie gemacht", krabbelt Mario auf seinen Wochenendflirt.

„Ich auch nicht. Aber mit dir könnte ich mir grad noch mehr so Sachen vorstellen." Fast zärtlich Marcos nächster Kuss am Strand von Scheveningen. Wobei er auch nicht genau weiß, wie er seine Gefühle für Mario beschreiben soll.

Umso genauer weiß Dennis 200 Meter weiter in den Dünen, was Jan mit ihm macht. Er besorgt es ihm einfach turbogeil. Und Dennis hätte am liebsten, dass die vier Tage nie vergehen würden.

Fast alle sind sie später in der Sonne total relaxed. Nur Jochen nicht. Der denkt zudem noch an den geilen Macho vom Vortag. Doch da muss er sich gedulden. Erst abends, nach dem Strand, ist wieder duschen angesagt.

Gemeinsam mit Mario und den Hannoveranern will das Quartett Sonntagabend nach Den Haag. Mario hat in einer gemütlichen Kneipe schon einen Tisch reserviert.

In zwei Autos geht es dann auch Richtung Hauptstadt und in ein gemütliches Lokal.

Danach in eine Gay-Location. Mario fällt hier ohne Hemmungen zum xten Mal knutschend über Marco her, während Dennis sich um Jan kümmert.

Auch Carsten flirtet und knutscht eine Stunde später mit einem jungen Holländer an der Theke.

Später landen sie in einer weiteren Gay-Location mit Cruisingbereich im Keller. Wobei Mario auch im oberen Bereich ziemlich wild über Marco herfällt. Und auch Jan muss dran glauben.

Dennis hat fast ständig eine Hand in dessen Jeans, um Jans Kolben im halb steifen Dauerzustand zu halten.

Jochen genießt holländisches Bier und Carsten verdrückt sich in den Keller.

Der Holländer von der Theke aus der ersten Kneipe musste leider nach Hause.

Im Cruisingbereich herrscht nur mäßiger Betrieb. Einige Typen schauen ihn interessiert an. Frischfleisch, schmunzelt Carsten in Gedanken.

Wobei die holländischen Kerle auch für ihn Frischfleisch sind.

Einige baggern ihn regelrecht an. Carsten bekommt Blickkontakt mit einem kleinen, untersetzten Bodybuilder Typ. Dessen Muskelshirt sitzt so knapp, dass Carsten die muskulösen Arme erspähen kann. Dazu blitzt das silberne Piercing auf dem Bauchnabel. Das Shirt ist viel zu kurz. Carstens Blick wandert tiefer. Von der mächtigen Gürtelschnalle zur tief sitzenden Jeans. Auch die sitzt so eng, dass sich die muskulösen Oberschenkel darunter mehr als deutlich abzeichnen.

Carsten mag Hengste. Aber auch der Muskeltyp scheint Gefallen an Carsten zu finden. Ohne den Blick abzuwenden, fährt er sich mit der linken Hand in den Schritt.

Carsten folgt mit den Augen den unbehaarten Händen.

Fasziniert schaut er zu, wie der Typ sich die Hosenknöpfe öffnet. Im Halbdunkel erkennt Carsten einen extrem dicken, voll ausgefahrenen Schwanz.

Der nächste Blickkontakt sagt alles.

Carsten geht auf den Typ zu, sinkt vor ihm nieder und lässt seine Zunge über die Eichel fahren.

„Great“, ist alles, was der Kerl sagt.

Aber an der Art, wie der dann seinen Schwanz in Carstens Maul schiebt, und dort Fickbewegungen ausprobiert, merkt sein Bläser die Lust des Machos.

„Hast du Bock, mich zu ficken?“ Carsten steht auf und schaut in eine Kabine mit Sling.

„German?“ Der Typ schaut ihn an.

Stimmt, wir sind ja in den Niederlanden, überlegt Carsten.

Dann deutet er zu der Kabine rüber.

„Can you fuck me? “

„Yes. Come.”

Schon sind sie sich einig. So schnell kann das gehen.

Und wie selbstverständlich landet Carsten im Sling, während der Macho sich von seinen Klamotten befreit.

Muskeln pur, durchzuckt es Carsten. Der Macho schlägt ihm auf den Hintern, eh er sein extra dickes 16 cm Teil ins Loch drückt.

„Aaah“, brüllt Carsten auf. Doch nun ist es zu spät.

Sein Kerl schaut ihn lüstern an, wobei er wie ein Jungbulle zu stoßen beginnt. Wild, schnell und so tief wie es irgendwie geht. Dazu brüllt der Muskelhengst wie ein röhriger oder brünstiger Hirsch.

Carsten gefällt sein Gegenüber. Und der tut alles, um Carsten zu gefallen. Die Beine in zwei Schlaufen, nach oben gestreckt, präsentiert Carsten dem Holländer seine Kiste.

Und der rammelt wie von Sinnen. Wobei Carsten seinen Harten wichst und ihn anfeuert.

„Drecksau. Make it. Fuck."

Er schreit so laut, dass er auf dem Gang noch zu hören ist.

Und auch das Gebrüll beim Abgang seines Muskelhengstes ist in den Gängen zu hören.

Als Carsten dazu seine Brühe auf den Bauch klatscht, hat sein Ficker den nun halbsteifen Schwanz auch schon ans Freie befördert und das voll gespritzte Gummi in eine Ecke geworfen. Carsten liegt noch halb benommen im Sling, als der Kerl sich auch schon angezogen hat.

„Ciao", wirft der einen letzten Blick auf Carsten, bevor er durch die Tür verschwindet.

Einfach ein Fick, denkt Carsten, als auch er sich wieder anzieht.

Oben im Dancing Bereich geht es nicht minder heftig zu. Dennis tanzt dort eng umschlungen mit Jan auf der Tanzfläche.

Wobei er weiter ständig eine Hand in Jans Jeans hat, um ihm die Eier zu kraulen. Jans ausgefahrener Kolben signalisiert Dennis, dass seinem Tanzpartner die Spezialmassage gefällt. Abseits der Tanzfläche, in einer halbdunklen Ecke, liegt Marco auf Mario, um mit ihm einen Dauerknutschrekord aufzustellen.

Mit schnellen Bewegungen rubbeln ihre Hüften dabei aufeinander. Da beide keinen Slip und nur helle, dünne Sommerhosen anhaben, verschärft dies die Sache noch weiter.

„Sweety, ich schieß gleich los", flüstert Mario seinem Flirt ins Ohr.

„Ich könnte auch." Marco bewegt seine Hüften noch schneller. Ihm ist längst alles egal geworden. Nur der Typ und seine Gefühle für den holländischen Sweety zählen noch.

So stark, dass sein Dicker nur einfach abspritzt. Ihm die Hose durchtränkt.

Auch Mario geht es nicht anders.

„Au man. Mensch." Immer noch küssend verreiben sie ihren Saft in den Hosen.

„Du, Marco, wir gehen besser rasch auf die Toilette. Okay?"

„Mist. Ja, das ist wohl besser. Du machst ja Dinge mit mir."

Beide stehen auf. Wobei die nassen Spermaflecke in den hellen Klamotten kaum zu sehen sind.

Nach dem Abend in Den Haag verbringt Marco die Nacht wieder bei Mario.

Jan bleibt bei Dennis in der Bungalowanlage.

Turbulent wird dann der Montagmorgen.

Das Ferienhaus muss bis Mittag geräumt werden. Alle wollen noch einmal an den Strand und die beiden Urlaubsflirts die restlichen Stunden miteinander verbringen. Mario hat sich bis 18 Uhr extra frei genommen.

Am Strand liegt er fast auf Marco. Und es sieht so aus, als wollte er ihn nie mehr loslassen.

Am frühen Nachmittag machen sich die beiden auf den Weg Richtung Strandpromenade.

„Wir sehen uns um halb sechs am Auto", packt Marco seine Klamotten zusammen.

Am Pier von Scheveningen isst er gegen 15 Uhr mit seinem Wochenendlover einen griechischen Salat, ehe sie beide noch einmal in Marios Wohnung landen.

Dort öffnet der eine Flasche Sekt.

„Unsere letzte", blickt er dabei Marco mit traurigen Augen an.

„Aber sicher nicht für immer. Hey, bis Köln sind es 280 km. Das ist doch keine Weltreise."

„Du hast Recht. Aber ich muss hier arbeiten. Meinen Eltern helfen."

„Aber sicher hast du auch mal Urlaub oder ein freies Wochenende.“ Auch Marco schaut plötzlich düster.

„Ganz sicher. Schon bald, wenn du magst.“ Mario lacht wieder.

„Und das hier schenk ich dir als Talisman.“ Er drückt Marco ein schwarzes Halsband mit einem silbernen Amulett in die Hände.

„Oh danke. Du, ich hab auch noch was für dich.“ Und Marco drückt ihm ein Armband in die Hand.

„Das hat dir, glaub ich, gestern an dem Stand in der Stadt so gut gefallen.“

„Hat es. Hey, du bist ja verrückt.“ Mario drückt ihm einen Kuss auf den Mund. Doch das reicht Marco nicht. Er zieht seinen Lover ganz nah an sich. Beim Küssen wird sein Schwanz hart und härter. Mario geht es genauso.

Bevor beiden bewusst wird, was sie tun, liegen sie auf Marios Bett. Beide vergessen die Uhrzeit und ziehen sich aus. Mario lässt Sekt auf Marcos Brust träufeln. Dann leckt er seinem Lover über dessen gestutzte Brusthaare.

„Grrr. Hase, du schaffst mich. Ich bin schon wieder voll scharf.“

„Ich auch. Leg dich hin.“ Marco lässt den Mund voll Sekt laufen. Auch Mario gurrt immer lauter, als sein Kolben, in Marcos Mund vom Sekt umgeben, gelutscht wird.

Lang und immer länger. Im Wechsel geht das so weiter. Bis Marco auf seinem Wochenendflirt liegt und ihm die Oberschenkel krault.

„Abschiedsfick“, schaut Marco den Kerl unter sich dazu an.

„Ich weiß. Gib mir alles. Noch mal so wie letzte Nacht.“

Marco zieht sich ein Gummi über den prallen Kolben. Er möchte es Mario noch einmal so scharf besorgen, dass der ihn den Rest des Sommers nicht mehr vergessen soll.

Und Mario schreit beim Ficken so laut, dass er ihn sicher auch im Herbst noch nicht vergessen wird. Wobei beide sich immer kräftiger anfassen und irre viel Gefühl bei dem Fick mit dabei ist.

Etwas weniger romantisch dagegen die Nummer von Jan und Dennis in den Dünen. Wo beide sich austoben und im

Wechsel rumvögeln.

Danach liegt Dennis, nackt und mit Sperma voll gespritzt, im Sand.

„Hey, das war scharf."

„War es. Hast du ein Profil auf Gayromeo?"

„Hab ich. Ich schreib es dir nachher auf. Wie weit ist es denn von Hannover bis Köln? Du kannst uns ja mal besuchen."

„Ihr habt da echt zu viert eine WG?"

„Haben wir. Ziemlich geil, kann ich dir sagen."

„Das glaub ich. Ihr seid ja auch vier geile Typen."

„Ach. Willst du uns alle vier vernaschen?" Dennis reibt sich mit einem Handtuch trocken. Auch Jan zieht sich an.

„Du reichst mir schon. Aber klar, wenn es passt. Gehen wir zurück?"

Um halb sechs stehen dann alle bei den Autos. Marco und Mario kommen als Letzte dazu. Fast stolz trägt Marco das neue Amulett um den Hals. Schon bei Mario haben die beiden nach ihrem letzten gemeinsamen Höhepunkt Abschied genommen. Mit dem Versprechen auf ein Wiedersehen, wo auch immer.

Mit Bussi Bussi und viel Tam Tam ist dann Servus sagen angesagt. Zum Schluss drückt Marco seinen Lover noch einmal kurz an sich.

„Also du, mach's gut. Wir telefonieren. Bis bald."

„Bis bald. Gute Fahrt und pass auf dich auf."

„Mach ich. Wer auch sonst. Bis bald."

Ein letzter Kuss, dann setzt sich Marco ans Steuer seines hellen BMWs. Er schluckt, als er davon fährt und im Rückspiegel einen letzten Blick auf den winkenden Mario wirft.

Kurz drauf liegt Scheveningen auch schon hinter ihnen. Mit 160 km/h geht es zurück nach Köln. Und schon um 20 Uhr 30 erblickt die WG in der Ferne die Spitzen des Kölner Doms. Jochen grinst.

„Das passt ja super. Da können wir uns schon um kurz nach neun noch einen Cocktail in der X-Bar gönnen."

Köln hat sie kurz drauf wieder und alle vier landen tatsächlich noch am gleichen Abend auf einen Drink in der X-Bar.

Köln, mehr als ein Gefühl

Die Tage nach dem Hollandwochenende vergehen rasend schnell. Der Sommer neigt sich seinem Ende entgegen.

Freitagabend, inzwischen ist es Anfang September, hocken die vier, wie schon so oft in diesem Sommer, zusammen auf der Terrasse

Marco schaut sich die von Jochen gemachten Fotos an. Besonders sein Liebesspiel mit Mario in den Wellen gefällt ihm. Voller Sehnsucht denkt er daran zurück.

Sehnsucht hat auch Jochen. Sein Patrick ist zum Dreh in Griechenland. Ihr nächstes Wiedersehen steht in den Sternen.

Nur Dennis kennt diese Gefühle nicht. Er fällt stattdessen über das letzte Baguette her. Zufrieden registriert er dabei, wie braungebrannt er ist. Das gilt es auszunutzen.

„Leute, ich geh nachher ins Heroes. Kommt ihr mit?“

Carsten nickt. „Sommerendingparty. Okay, warum eigentlich nicht?“

Auch Jochen nickt. Das könnte vom Frust wegen Patrick ablenken.

Sogar Marco kann sich aufraffen. Immerhin ist Wochenende, und Mario kann nicht ewig in meinem Kopf rumschwirren, überlegt er dabei.

Gegen 23 Uhr machen sie sich auf den Weg ins Heroes am Rudolfplatz. Jeder von ihnen zeigt dabei viel seiner braungebrannten Haut.

Kaum angekommen, steht Dennis auch schon auf der Tanzfläche. Und noch vor Mitternacht hat er sein schwarzes Muskelshirt in die rechte Jeanstasche gestopft. Seinen Oberkörper soll ruhig jeder bewundern können, denkt er.

Jochen, in einer Dreiviertel Army Hose, springt zu ihm auf eines der Podeste.

„Bist du fickrig, oder was?“

„Warum?“ Mit unschuldigen Augen blickt Dennis seinen WG-Kumpel an.

„Na so halb nackt, wie du hier auf dem Podest rumtobst. Das sieht schon krass nach Fick mich aus.“

„Nichts dagegen. Machst du es mir später?“ Dennis geht mit der Hand zwischen Jochens Beinen auf Tauchfühlung.

Nur kurz schaut er dabei zu Marco und Carsten rüber. Doch ersterer flirtet bereits an der Theke, während letzterer einen alten Kumpel getroffen hat.

Für alle vier ist an dem Abend Partystimmung angesagt.

Wobei Jochen sich mit mehreren Cocktails so zudröhnt, dass er nur noch ins Bett will. Carsten begleitet ihn nach Hause, da er Samstag arbeiten muss.

Marco flirtet weiter mit einem schlanken Typen, der mindestens ebenso braungebrannt ist, wie die Holland-Urlauber.

Dennis aber hat einfach nur Spaß und mit mindestens einem Dutzend Typen Körperkontakt auf der Tanzfläche. Mit einem Typen knutscht er schließlich so wild rum, dass die meisten Umstehenden neidisch zusehen. Provozierend stellt er sich dabei mehrfach so hin, dass seine Ausbuchtung in der engen Löcherjeans deutlich zu erkennen ist.

Der Typ neben ihm auf der Tanzfläche ist mindestens so gut drauf wie Dennis. Auch er hat sich längst das Hemd ausgezogen, um mit nacktem Oberkörper seine Hüften um Dennis kreisen zu lassen. Zwischen zwei besonders intensiven Zungenküssen erfährt Dennis zumindest den Namen seiner neuesten Eroberung. Daniel. Und Daniel schleift ihn eine Stunde später auch mit ins Station 2B.

„Die Kerle sind da einfach besser drauf“, verklickert Daniel Dennis auf dem Weg dorthin.

Wie Dennis findet, ist die Stimmung in der Szene Location extrem heiß. Die meisten Kerle haben kaum etwas an. Im Cruisingbereich wird wie wild rum gemacht. Und auch Daniel zieht Dennis endlich die Jeans ganz runter, um ihm vor einigen Kerlen einen zu blasen. Nur schwach wehrt der sich.

„Hey, stell dich nicht so an. Ist doch voll scharf hier. Da hast du etwas zur Entspannung." Daniel schnüffelt an einem Poppersfläschen. Auch Dennis wird noch schärfer davon und wirft Daniel nach dem Blow Job auf eine Matratze. Rasch ist Daniel von allen Klamotten befreit und in der 69ger Stellung mit viel Poppers geht es weiter. Wobei sich noch drei Kerle zu den Jungs auf die Spielwiese begeben. Daniel lutscht zweien von ihnen im Wechsel die Kolben, während auch Dennis' Schwanz von einem fremden Mund verwöhnt wird.

Immer wilder machen die fünf weiter, bis Dennis abspritzt.

Daniel voll ins Gesicht. Eine enorme Menge frisches Sperma.

„Geil", verreibt der Boy sich die Soße.

„Mist, dann ist jetzt sicher erst mal nix mit ficken. Dabei bin ich so scharf drauf."

„Aber, aber. Kein Problem. Ich mach's dir." Einer der Kerle lässt von Daniel ab. Und Dennis staunt, wie schnell der Kerl ein Gummi in der Hand hat, um es Daniel da auch schon mit einem XL Kolben zu besorgen.

Ermattet liegt Dennis daneben.

Plötzlich ist ihm all das zu heftig. Er steht auf. Ohne dem Rudel noch einen weiteren Blick zu schenken, macht er sich auf den Heimweg.

Auf dem Weg zur Wohnung ist zur gleichen Zeit auch Marco.

Mit dem Typ an der Theke hat er nur ein wenig rumgeknutscht. Aber irgendwie lustlos. Er hat immer noch Mario im Kopf. Marios Lächeln, sein Blick, der ganze Typ eben.

Marco glaubt es selber nicht, dass ihn ein Kerl noch so verfolgen kann.

Als er im Bett liegt und beim wichsen an Mario denkt, hört er nebenbei auch Dennis' Ankunft in der Wohnung.

Feuerwerk der Gefühle

Am nächsten Tag ist, zum Ende des Sommers, Musik und Feuerwerk in der Altstadt angesagt. Wieder alle gemeinsam bummeln sie schon um 19 Uhr über die Deutzer Brücke.

Vor ihnen liegt die Altstadt. Auf einer Bühne am Heumarkt singen die Höhner.

„Hey Kölle, du bis eh Gefühl …"

Dort kommt die WG richtig in Stimmung, bevor sie am Rhein noch einen Tisch vor einem der Lokale bekommen. Bei vier riesigen Pizzen stärken sie sich für den Abend.

„Was für ein Sommer", beißt Dennis in seine Pizza.

„Und nun vorbei", ordert Carsten nebenbei beim Köbes neue Kölsch.

„Hast du dich denn bei uns gut eingelebt?" Jochen schaut den WG-Neuzugang neugierig an.

„Und wie. Ich fühl mich total wohl bei euch. In Köln. In zwei Wochen ist nur leider das dritte Semester angesagt. Da ist nix mehr mit Party."

Marco lacht.

„Das glaub ich dir nicht wirklich. In Gedanken planst du doch sicher schon die ersten Studentenparties in unserer Wohnung."

Man sieht Marco an, dass ihm das nur recht ist.

Jochen grinst ihn an.

„Du Schlampe. Du kriegst den Hals auch gar nicht voll. Wann wirst du endlich ruhiger?" Marco denkt an Mario.

„Du, das liegt nicht immer an mir. Aber das könnte schon noch passieren. Aber wer im Glashaus sitzt. Wenn ich da so an deinen Patrick oder Oliver denke. Oder dein letztes Abenteuer in Holland."

Auch Jochen kommt ins Grübeln. Das mit Patrick gefällt ihm

auch nicht so sonderlich. Wobei Dennis ihn beneidet. So einen Lover am Rande, das wäre noch was.

-...und ab und zu ein kleines Auswärtsspiel...-, hört er die Höhner singen und muss schmunzeln.

Auch Carsten denkt nach. Mal wieder ein richtiger Freund, das wäre schon schön. Jochen hat ja sogar zwei von der Sorte.

Kölsch und Pizza lassen die Gedanken der vier aber verblassen.

Nach dem Essen ist Fun auf der Party-Meile angesagt. Und nach zwei weiteren Kölsch auf dem Alter Markt geht es über die Deutzer Brücke vors Hyatt. Das Hotel auf der anderen Rheinseite ist gegen 23 Uhr voll erleuchtet. Dazu Menschenmassen auf der Promenade davor.

„Der Blick auf den Dom ist von hier am besten", hat Jochen es geschafft, sich und seinen Freunden einen Platz in der ersten Reihe zu organisieren. Carsten kramt Gläser und Sekt aus seinem Rucksack.

„Das ist ja ein Service", lacht Marco, als Carsten die Sektflasche knallen lässt. Die WG-Freunde stoßen an, als das Feuerwerk über Köln beginnt.

Begeistert schauen sie gegen Mitternacht in den sternklaren Himmel.

„Prost. Auf uns", murmelt Jochen.

„Und auf den Sommer", schnappt sich Carsten die zweite Sektflasche.

„Und der war geil", grinst Dennis. „Mal sehen wie der Herbst wird."

„Sicher genau so geil", zwinkert Marco ihm zu. Dann schauen sie sich gemeinsam das Feuerwerk an.

Jochen denkt dabei an Patrick. So will er mit seinem Freund oder was auch immer nicht weiter machen. Er möchte mit ihm reden. Über die Zukunft. Ihre Zukunft?

Carsten denkt daran, dass er grad gern einen Freund hätte, der ihn nun ihm Arm halten würde.

Dennis kommt kurz das Erlebnis vom Vorabend in den Sinn. Das war ihm zu heftig. Aber gegen einen Typ für mehr als eine Nacht, vielleicht für eine scharfe Affäre, hätte er nichts einzuwenden. Ein Typ wie Marco, oder der Manager vom WDR. Etwas Lockeres, Unverbindliches.

Dafür ist auch Marco immer zu haben. Zumindest war das in der Vergangenheit so. Marco schaut aufs Feuerwerk. Die Typen des vergangenen Sommers kommen ihm in den Sinn. Und Mario. Zwischen den Sternen am Himmel sieht er Marios Bild. Um den Hals trägt er das Amulett. Ihn jetzt live zu sehen. Marco kommt ein Gedanke. Warum sollte er nicht nach Holland fahren? Schon am nächsten Wochenende. Er greift in seine Jeans, um Mario eine SMS zu schicken. So verrückt wäre er früher nie gewesen.

Alle vier schauen sie rüber auf die andere Rheinseite zum Feuerwerk. Dabei blicken sie sich plötzlich an. Und sie sind froh, ihre WG zu haben. Zu viert, und doch, keiner von ihnen zuviel. Zu viel in dieser einfach geilen, verrückten WG irgendwo in Köln.

Marc Förster

Sex around the clock
... in Köln, auf Gran
und anderswo

148 Seiten
14,90 Euro

ISBN
978-3-940818-16-4

Chris ist Anfang 30, sieht blendend aus und hat nur eins im Kopf: Sex und geile Männer. Gelegenheit hierfür hat er reichlich, denn er wohnt in Köln.
Der Roman schildert Chris' Abenteuer, seine Flirts und One-Nights während eines turbulenten Jahres. Von Karneval bis zum CSD. In Saunen, Kneipen und diversen Kölner Betten. Hautnah lässt der Autor den Leser dabei sein, wenn Chris es in den Dünen von Maspalomas oder im Jumbo Center treibt.

Köln und Gran Canaria hautnah und extrem heiß …

www.himmelstuermer.de